Pferdeschicksale

Anais C. Miller

Du kannst ein Pferd nicht zwingen, etwas für dich zu
tun, du kannst es lediglich darum bitten

(aus Nebelmond)

Er war mein allergrößter Traum...
(aus Classic Star)

Ihr Herz war so groß, dass die halbe Welt dort
Platz nehmen könnte...

(aus Charisma)

„Snow Girl"

Platzhalter für persönliche Widmungen

Du kannst ein Pferd nicht zwingen, etwas für dich zu
tun, du kannst es lediglich darum bitten

(aus Nebelmond)

Er war mein allergrößter Traum...
(aus Classic Star)

Ihr Herz war so groß, dass die halbe Welt dort
Platz nehmen könnte...
(aus Charisma)

„Snow Girl"

Impressum

Text: Anais C. Miller

Fotos: Anais C. Miller & Pixaby

Printed in Germany

Liebe Leser,

eigentlich müsste an dieser Stelle der Text „zum Autor"
folgen. Darauf möchte ich verzichten. Ich möchte gar nicht
schreiben, wer ich bin, was ich bin und was ich schon alles
erreicht habe. Nämlich im Grunde genommen gar nichts! ☺
Mit meiner Schreiberei habe ich bisher nicht einen Cent
verdient. Gut, macht nichts. Das ist auch nicht der Sinn,
warum ich Bücher schreibe. Ich schreibe, weil es mir am
Herzen liegt und ich Euch teilhaben lassen möchte an den
Dingen, die in meinem Leben passieren und nicht, weil ich
Geld verdienen muss. Ich bin ein Mensch mit Fehlern, Ecken
und Kanten, genau wie Ihr! Mit dem Herz am rechten Fleck!
Ich liebe Tiere und mein Herz schlägt insbesondere für Pferde.
Wisst Ihr, ich schreibe keine perfekten Bücher. Ich bin keine
Perfektionistin. Finanziell habe ich leider nicht die geeigneten
Mittel, um es zu können. Ein professionelles Lektorat kann ich
mir nicht leisten. Das ist sehr schade und es tut mir natürlich
im Herzen weh. Meine Geschichten bedeuten mir viel, weil es
sich größtenteils um Tatsachenberichte und wahre
Begebenheiten handelt. Naja, die Hoffnung stirbt bekanntlich
zum Schluss. Irgendwann klappt es vielleicht, dass ich einen
größeren Spielraum erhalte. Bis dahin verschenke ich
weiterhin meine Bücher und stelle die e-books im
Aktionsrahmen kostenlos für Euch zur Verfügung. Meine
Oma sagte immer, „Nur wer sät", kann etwas ernten!" Ich
freue mich, wenn Euch meine Geschichten gefallen! Wenn Ihr
meine Seiten bei Facebook besucht und diese teilt, wenn Ihr
sie leiden mögt! Vielleicht verleiht Ihr mal die Bücher, die Ihr
von mir erhalten habt, an Eure Freunde oder verschenkt eines
an liebe Menschen, die Euch viel bedeuten! Somit erweitert
Ihr gleichzeitig meinen Spielraum und ich kann mich

weiterentwickeln. Sehr gern würde ich Euch perfekte Bücher servieren in „Wort", „Schrift", „Ausdruck" und „Sprache". Aber wie gesagt, im Moment ist mir das finanziell nicht möglich. Ein gutes Lektorat kostet weitaus über 1000 Euro. Meinen Traum, dass ich es irgendwann schaffe, mit dem Schreiben Geld zu verdienen, den gebe ich dennoch nicht auf. Ich kämpfe jeden Tag dafür! Von zuhause aus arbeiten zu können, das wäre das Größte für mich! Und egal was passiert, ob ich das Ziel erreiche oder nicht, ich werde immer der Mensch bleiben, der ich bin! Mit einem offenen Herzen, dem Willen, anderen Menschen etwas Gutes zu tun, mit meinen Tieren den Rest meines Lebens verbringen zu dürfen und dem Wunsch, einfach glücklich zu sein, möchte ich der Welt und Euch begegnen!

So, genug philosophiert! Jetzt geht's ab zu den Geschichten und ich möchte mich recht herzlich bedanken, dass Ihr den Weg zu meinen Büchern gefunden habt! Wie auch immer das geschehen ist und welchen Weg Ihr gegangen seid!

DANKE!!

Nebelmond

Die Geschichte von Nebelmond erzählte ich eines Tages meiner Tochter Jill. Sie mochte sie unheimlich gern hören. Manchmal hatte sie Tränen in den Augen, wenn ich ihr von der Stute „Nebelmond" berichtete. Meine Geschichte war ausgedacht, aber das sagte ich meiner Tochter nicht…

Heute erzähle ich die Geschichte für Euch. Und ich hoffe, Ihr schließt sie ebenso ins Herz, wie es einst meine Jill tat. Eine Geschichte, die vom Leben, dem Tod und von der Liebe erzählt. Eine Geschichte, die eigentlich aus dem Leben gegriffen sein könnte, denn vieles an ihr ist wahr und einige Dinge, von denen ich erzähle, spielen sich überall dort, wo sich Menschen & Tiere begegnen, tatsächlich ab…

Anais

Ein Pferd kannst du nicht zwingen, etwas für dich zu tun. Du kannst es lediglich darum bitten. (Nebelmond)

Nebelmond

Die Pferde wurden von den Männern eng zusammengepfercht. Auf dem LKW war die Luft stickig und die Tiere konnten kaum atmen. Der Geruch von Ammoniak lastete schwer auf ihre Lungen. Ängstliches Wiehern, aufgeregtes Schnauben, weit aufgerissene panische Augen. Die Pferde wussten nicht, wie ihnen geschah. Einige von ihnen schlugen aus. Aus purer Verzweiflung traten sie in Panik nach ihren Nachbarpferden. Eines der Tiere lag bereits am Boden und schien so geschwächt, dass es von alleine nicht mehr aufstehen konnte.

Ängstlich wieherte es. Es war noch nicht sehr alt,
wahrscheinlich ein Fohlen, das frisch von seiner Mutter
getrennt worden war. Sein Hinterbein war gebrochen.
Regungslos und steif lag es am Boden. In dem Kot und Urin
der anderen Pferde. Hilflos war es den Angriffen der Pferde
ausgeliefert. Das kleine Fohlen hatte sich bereits aufgegeben,
es zeigte keinerlei Lebenswillen mehr.

Pferde treten von Natur aus niemals ein am Boden liegendes
Lebewesen. Sie sind besonders bedacht, es nicht mit ihren
Hufen zu verletzen. Auf dem LKW, auf dem die
Schlachtpferde ihre lange, letzte Fahrt antreten sollten, blieb
ihnen keine andere Möglichkeit, als auf das kleine hilflose
Geschöpf einzutreten. Aus purer Platznot trampelten sie auf
ihm herum. Zum Ausweichen blieb ihnen kein Platz. In ihrer
Nervosität achteten sie nicht auf das am Boden liegende
Fohlen. Immer mehr Pferde wurden in den Schlachttransporter
von den Männern aufgeladen und die steile Verladerampe
unbarmherzig hinaufgetrieben. Dies geschah von den Männern
äußerst brutal und rücksichtslos. Ihnen war es egal, ob eines

der Pferde auf der glitschigen Rampe ausrutschte oder gar nicht erst hinauf wollte, weil es den Geruch von „Angst" und „Tod" bereits gewittert hatte. Pferde riechen den Tod, so sagt man. Die Männer waren ohne Herz und eiskalt in ihren Gefühlsregungen. Eines der Pferde war bereits so geschwächt, dass es die Rampe nicht mehr hinaufkam. Wieder und wieder fiel es hin, rutschte aus, versuchte sich mühsam aufzurichten, bis es schließlich vor lauter Erschöpfung zusammenbrach. „Den Gaul brauchen wir nicht mehr aufladen, das hat sich erledigt!" Einer der Männer zog einen Revolver aus seinem Hosenbund und gab dem Pferd den Gnadenschuss. Der laute Knall ließ die anderen Tiere vor Schreck erstarren. „Hol den Kran, Eddi und weg mit dem Vieh!" Wenig später wurde der leblose, mächtige Körper des Tieres an den Karabiner eines Krans fixiert. Durch das Halfter am Kopf des Pferdes führten die Männer ein Seil und hakten es in einer rostigen Schlinge ein. Das schwere Gerät zog das tote Pferd vom Ort des Geschehens. Der massige Körper des Tieres schleifte über Beton und Kiesboden. Mit einem dumpfen Schlag knallte der Kopf des Pferdes auf den Asphalt. Der leblose Körper wurde hinter einem alten, vergammelten Stall entsorgt. Niemand zeigte Mitgefühl gegenüber dem Lebewesen Pferd. Die Männer hatten einen Job zu erledigen. Nicht mehr und nicht weniger. Gefühle waren da fehl am Platz. Der Stall gehörte zu einem windigen Pferdehändler. Dieser hatte den widerlichen Todestransport der Pferde veranlasst. Das Geschäft mit Pferdefleisch boomte. Für jedes Tier, das lebend in Italien auf dem Schlachthof landete, bekam der Händler pro Kilo knapp einen Euro. Das waren fast 20 Prozent mehr, als in Deutschland für das Kilo Pferdefleisch gezahlt wurde und somit war der Transport von Pferden generell ein lukratives

Geschäft. Nachdem die Männer den Körper des toten Pferdes beseitigt hatten, wurden die letzten Pferde verladen. Erbarmungslos schlugen sie mit ihren Viehtreibern auf die wehrlosen Tiere ein und manövrierten sie die Rampe hinauf. Tiere, die bereits am Boden lagen, bekamen einen extra starken Stromschlag verpasst, damit sie sich wieder erhoben. Einige waren zu schwach, um die steile Rampe zügig hinaufzulaufen. Die Pferde waren alt und krank. Die meisten von ihnen jedenfalls. Mit voller Wucht, als schließlich alle Pferde verladen waren, fiel die Rampe hinter den angsterfüllten Tieren in ihre Verankerung. Einer der Männer kletterte zwischen den Streben des LKWs hindurch und versuchte, die Pferde anzubinden. Aus Angst vor Tritten der aufgebrachten Tiere versuchten die Männer von vorne an die Pferde zu gelangen. Mit einem Stock schlug der Mann wild auf die Tiere ein, wenn sie ihm nicht sofort Folge leisteten. Die Tiere rissen ängstlich ihre Köpfe hoch. Angst und Furcht konnte man in ihren Augen lesen. In ihrer Panik vor den Abläufen der Dinge, die sie nicht zuordnen konnten, drängten sich die Pferde eng aneinander. Der Mann entdeckte schließlich das kleine, regungslose Fohlen. „Komm, steh auf! Na los, mach schon!" Mit seinem Stiefel trat er in die Flanken des leblosen Tieres. Das kleine Fohlen zuckte und seufzte schwer. Tatsächlich versuchte es sich aufzurichten. Sein Hinterlauf schmerzte, aber es nahm seine letzte Kraft zusammen und wuchtete seinen dünnen Körper vom Boden. Der Bodenbelag war glitschig, das Fohlen drohte erneut auszurutschen, aber es konnte sich im letzten Moment, vor einem weiteren Sturz abfangen. Das gebrochene Bein hielt es schmerzvoll seitlich vom Körper ausgestreckt. „Aha, du hast dir also deinen Hinterlauf gebrochen", sagte der Mann und lachte hämisch. „Das spielt keine Rolle! Dort wo du landest, da brauchst du deine Beine zum Laufen nicht mehr, kleines Fohlen! Brich dir aber nicht dein Genick, du sollst lebend ankommen, sonst bekommen wir kein Geld mehr für dich! Hörst du! An den Schlachthaken kommst du! Ihr alle hier!", schrie der widerliche Kerl, der einem Psychopathen aus einem Horrorfilm glich. Drohend fuchtelte er mit seinem Viehtreiber zwischen den ängstlichen Pferden umher. Dem Fohlen schlug er mit seiner Faust brutal auf die empfindliche Pferdenase. „Das regt den Kreislauf an", triumphierte er lachend. Sein Lachen erinnerte an das eines Wahnsinnigen. Ein „Mensch" konnte in der kranken Seele dieses Sadisten nicht mehr wohnen. „Der Schlag ist dafür, dass du mir während der Fahrt nicht schlappmachst", dabei blickte er lachend in Richtung des zitternden Fohlens. Das kleine Geschöpf befand sich bereits in einem Schockzustand. Aus Angst und Schmerzen leistete es keinen Widerstand mehr. Die Panik hatte das kleine Herz des Fohlens so schnell zum Schlagen gebracht, dass man deutlich hören konnte, wie es in der Brust des Tieres rasselte. Ängstlich und erschöpft drückte sich die kleine Stute an ihr Nachbarpferd. Der große Kaltblüter, der neben dem Fohlen angebunden war, schien von stoischer Natur. Trotz des Dramas, das sich im Inneren des Schlachtpferde-LKWs abspielte, blieb der Schimmel völlig gelassen. Es schien fast so, als hätte er sich dem Fohlen schützend angenommen. Ruhig stand der Kaltblüter da, dabei rührte er sich nicht. Somit fand das Fohlen Halt und Schutz an ihm.

Die Fahrt dauerte endlos lange Stunden. Eine qualvolle Zeit für die Tiere, noch dazu ohne Wasser und Futter. Trotz, dass der Fahrer des Transporters verpflichtet war, den Tieren ausreichend Nahrung und Flüssigkeit durch den Pferdeknecht zukommen zu lassen, und er selbst eigentlich seine Ruhepausen einzuhalten hatte, fuhr er gnadenlos die Strecke durch, ohne einmal nach den Tieren sehen zu lassen. Zeit bedeutete bekanntlich Geld und Geld war wichtig! Im Leben eines Pferdehändlers ganz besonders. Der Fahrer des Schlachttransporters war völlig übermüdet gegen Ende des Tages. Es lagen jedoch noch einige viele Kilometer vor ihm bis nach Italien. Billigend nahm er in Kauf, dass die Pferde ohne Wasser und Futter derart geschwächt waren, dass sie während der Fahrt zu kollabieren drohten. Verluste gab es immer im Leben. Ein Tierleben war den Schlachtpferdehändlern nicht viel wert. Natürlich kam nicht jedes Pferd lebend bis zum Ziel, das war vom Händler finanziell einkalkuliert. Tote Pferde waren auf den langen Transportwegen die Regel. Dass alle lebend und einigermaßen munter ihr Ziel erreichten, die Ausnahme. Dabei spielte das Ziel des Schlachthofes sowieso keine große Rolle mehr im Leben der Pferde. Direkt nach der Ankunft im Schlachthaus dauerte es weniger als 1-2 Stunden und sie waren erlöst. Endlich durften sie auf immergrünen Weiden in den Sonnenuntergang galoppieren und waren befreit von Schmerz, Leid und Pein. Sie fanden ihren Frieden. Hinter der Regenbogenbrücke. Welch eine Erlösung für die Pferde nach den leidvollen Qualen in ihren letzten Lebensstunden auf dem LKW und im Schlachthaus. Erlöst wären sie ebenfalls von den Grausamkeiten der herzlosen Menschen, die sie auf ihrem letzten Weg begleiteten. Springpferde, Freizeitpferde, Fohlen, Kaltblüter, Ponys, alle waren vertreten auf der letzten Reise. Eine Reise in die Hölle im LKW des Todes, der mit 20 Pferden besetzt, wahrscheinlich überladen und auf dem Weg nach Italien unterwegs war. Nach ihrer anfänglichen Panik resignierten die Pferde irgendwann und ergaben sich ihrem Schicksal. Regungslos standen sie fesseltief im Dreck ihrer eigenen Fäkalien. Die Stricke ihrer Halfter waren an die Streben des LKW gebunden. Kleine, schmale Lüftungsschlitze gab es, aus denen die Pferde wenigstens etwas Frischluft bekamen. Luft zum Atmen von der Welt außerhalb ihres Gefängnisses. Die kurzen Stricke, mit denen sie angebunden, oder vielmehr fixiert waren, ließen ihnen kaum Freiraum. Selbst ihre Köpfe konnten die Tiere nur minimal bewegen. Das gutmütige, sanfte Kaltblut, an welches sich das kleine Fohlen schutzsuchend lehnte, schnaubte leise. Der kräftige Schimmelwallach war alt und müde vom Leben. Seine Knochen waren verbraucht und schwer, seine Seele tieftraurig. Sein Körper träge. Jahrelang hatte er an der Seite eines Menschen treu gedient. Sein „Boss", wie man den alten Herrn nannte, war vor ein paar Tagen an Krebs gestorben. „Mach`s gut mein treuer Freund, Merlin", hatte ihm der Boss wehmütig zugeflüstert. Schon vor Tagen hatte der „Boss" gespürt, dass seine Zeit gekommen war. Ein letztes Mal raffte er seine alten Knochen auf, schleppte sich aus dem Zimmer, in dem er bereits seit mehreren Wochen gebettet war und auf seinen sicheren Tod wartete. Ein letztes Mal ging er hinaus, um sich von seinem Pferd „Merlin", dem wunderschönen Kaltblüter, einem prächtigen Boulonnaise, das ihm viele Jahre lang treu gedient hatte, zu verabschieden. Seinen Hof und alles, was er besaß, hatte schon längst sein jüngster Sohn übernommen und dieser mochte keine Pferde leiden. Das Herz des alten, kranken Mannes war schwer, als er sich von Merlin trennen musste. Der Boss wusste genau, dass auch für Merlin die Lebensuhr abgelaufen war und sobald man ihn unter die Erde gebracht, auch für seinen langjährigen, vierbeinigen Freund die letzte Stunde geschlagen hatte. „Wir werden uns wiedersehen, mein Guter!" Zärtlich und liebevoll strich der alte Mann seinem vierbeinigen Gefährten Merlin über das seidene Fell. Das treue Pferd spürte genau, dass seine Zeit bald gekommen war und er seinen Boss nie wiedersehen würde. Instinktiv fühlte Merlin das Ende nahen. Das Ende des geliebten Herrn und sein eigenes. Wenige Tage nur, nachdem der „Boss" beerdigt war, wurde „Merlin" an den Pferdemetzger übergeben. „Merlin" leistete keinen Widerstand, als er auf den LKW verladen wurde. Das kluge Tier verstand ohnehin, dass ein Kampf sinnlos wäre. In seinen Erinnerungen pflügte Merlin zusammen mit seinem Boss das Ackerfeld im Sonnenuntergang. Bald würden sich die beiden wiedersehen! Merlin erinnerte sich an die guten Tage in seinem Leben. Immer, wenn das brave Pferd die Arbeit zur

Zufriedenheit seines Herrn erledigt hatte, bekam es eine extra große Portion Heu und frische Möhren von ihm serviert. An die Worte seines Herrn erinnerte sich Merlin. „Du bist das Beste, das mir in meinem Leben passiert ist, mein alter Freund! Natürlich ist meine Frau, die „Annelie", eigentlich das Schönste, das mir in meinem Leben begegnete, aber sie ist ja schon so lange tot." Merlins Boss war ein feiner, liebevoller und gutmütiger Mensch. Er behandelte die Pferde und seine Tiere zeitlebens gut. Merlin mangelte es in all den Jahren weder an Liebe, noch an Futter und auch nicht an guten Worten. Schmerzvoll nahm das Pferd in seiner Erinnerung Abschied von den bunten Bildern aus der Vergangenheit. Der letzte Weg seiner Reise, den Merlin tapfer angetreten hatte, war schwarz, traurig und bitter. Kämpfen? Gegen das „Übel" ankämpfen? Nein, dazu war Merlin mittlerweile zu alt und zu gut erzogen. Das Kaltblut leistete den Menschen seit jeher Folge und widersetzte sich ihnen nicht. Das hatte sein Boss ihn gelehrt. Dem kleinen Fohlen, das sich immer noch verloren an Merlin kauerte, gebot der große Kaltblüter gerne Schutz und Halt. Das war wahrscheinlich das letzte „Gute", das Merlin in seinen wenigen Lebensstunden, die ihm noch blieben, tun konnte auf dieser Erde.

Nebel zog über das Land.

Die Sichtweite auf der Autobahn war katastrophal. Sprichwörtlich: „Man sah die Hand vor Augen nicht mehr!" Als es passierte, war der Fahrer hinter dem Steuer kurz eingenickt.

Sekundenschlaf.

Ein dumpfer Knall. Sein Gefährt war auf einen vorausfahrenden LKW, der aufgrund des Nebels kurz gebremst hatte, aufgefahren. Ungebremst. Der LKW mit den Pferden an Bord, wurde durch die Wucht des Aufpralls gegen die Leitplanke geschleudert. Durch den Aufprall an der Leitplanke wiederum, wurde der LKW quer über die Fahrbahn zurück katapultiert und kippte in eine gefährliche Seitenlage. Sämtliche Scheiben des Führerhauses zerborsten in unzählige Glassteine. Hunderte! Tausende kleine Splitter! Enorm einwirkende Kräfte von unvorstellbarem Ausmaß hatten Fahrer und Beifahrer regelrecht aus dem Führerhaus gerissen. Der führerlose LKW schlug mit seinen mehr als 40 Tonnen Gewicht in Seitenlage auf die Fahrbahn auf. Er schlitterte noch einige Meter über den Asphalt. Knirschende, schabende Geräusche. Feuerfunken stoben zwischen Geschoss und Straße empor und erhellten die Nacht wie ein Feuerwerk. Die beiden Fahrinsassen waren auf der Stelle tot, sie hatten keine Chance. Vom Aufschlag des LKWs auf dem Beton der Autobahn, hatten sie nichts mehr gespürt. Die Stricke der angebundenen Pferde im Innenraum der Ladefläche des LKWs rissen allesamt durch die Wucht, mit denen ihre schweren Körper durch die Gegend katapultiert wurden. Die Gesetze der Physik fanden ihre Wirkung. Die Pferdekörper flogen kreuz und quer durch das Abteil der Ladefläche. Die Tiere kollidierten miteinander. Kopfüber, seitlich, ineinander, übereinander und sie prallten gegeneinander. Abgetrennte Gliedmaßen lagen zwischen ihren leblosen Körpern und es war überall Blut. Das Blut verteilte sich zwischen den Tieren. Unheimlich viel Blut gab es. Überall. Es war grausam. Ein Albtraum. Die Verladerampe wurde durch den Aufprall abgetrennt, als der LKW seitlich aufschlug. Regelrecht abgerissen wurde sie mit

solch einer Wucht, dass sie gegen das hintere Auto flog, das
nicht mehr rechtzeitig bremsen konnte, während der LKW
umkippte. Knarren, Knirschen, Splittern…! Geräusche hallten
durch die Nacht, die an eine Massenkarambolage aus einem
Horrorfilm erinnerten. Ewig schien es zu dauern, bis der völlig
demolierte und ramponierte Körper des LKW zum Stillstand
kam. Endlich hörte man nichts mehr. Es war es vorbei.
Grabesstille breitete sich aus. Der Nebel hatte sich gelichtet.
Ein runder, praller Vollmond schob sich zwischen die Wolken
am Himmel hindurch. Er erleuchtete alles in hellem Schein.

Tödliche Stille.

Menschenschreie. Weit draußen. Irgendwo im Nirgendwo.

Hilferufe.

Blinkende Lichter. Immer wieder rote und blaue Lichtblitze,
die die Nacht erhellten und sich an den Autos spiegelten.

Irgendwo ging eine Sirene. Schreie! Immer wieder Schreie. Im Innenraum des LKWs stöhnten die Pferde. Ihre Körper lagen größtenteils übereinander. Einige zuckten mit den Beinen. Es roch nach Blut und Sterben. Letzte Lebenszeichen gaben sie von sich, bevor das Licht auf ewig erlöschen würde. Eines der Pferde, das ziemlich weit oben auf den anderen Tieren lag, hob den Kopf und versuchte aufzustehen, sich aufzurichten. Das Pferd war blutüberströmt. Überall war Blut.

An den Wänden des LKW.

Auf dem Boden.

Der Innenraum war trotz der Karambolage beinahe unversehrt geblieben. Beängstigend war das. 15 Minuten dauerte es, bis die Rettungseinsatzkräfte eintrafen und sich dem Bild des Grauens stellen mussten. Der Anblick, der sich ihr an der Unfallstelle bot, war jedenfalls nichts für schwache Nerven. „Ellen", war das erste Mal zu einem derartigen Einsatz gerufen worden. Die junge Rettungsärztin hatte soeben ihr Examen beendet und arbeitete erst seit kurzer Zeit in der Unfallklinik. „Steve", der erfahrene Einsatzleiter, auf den Ellen vor Ort traf, schüttelte den Kopf, als er den Teil, wo sich einst die Fahrerkabine des LKWs befunden hatte, ausleuchtete. „Hier kommt jede Hilfe zu spät, vermute ich. Wir müssen gucken, ob wir den Fahrer finden, den hat es anscheinend aus dem Führerhaus gerissen. „Wahrscheinlich war eine zweite Person mit dabei, Tiertransporteure fahren selten allein!" Seine Worte klangen ernst und in Ellens Ohren ziemlich brutal, aber sie entsprachen der grausamen Realität. Die Einsatzkräfte sperrten den Bereich der Autobahn ab, indem sie Warndreiecke aufstellten und den nachfolgenden Verkehr

stoppten, der mittlerweile sowieso zum Erliegen gekommen
war.

Zum Glück waren keine weiteren Autos mehr in die beiden
verunfallten LKWs gekracht, trotzdem standen einige von
ihnen kreuz und quer zur Fahrbahn. Kleinere Blechschäden
waren nicht auszuschließen. Geschockt standen einige
Autofahrer neben ihren Autos.

Hilflos.

Verängstigt.

Steve lief zu dem anderen LKW. Zu der Zugmaschine, auf die
der Pferdetransporter aufgefahren war. Die Männer aus dem
LKW schienen unversehrt, sie standen bereits hinter der
sicheren Absperrung der Leitplanke, hatten aber einen Schock
erlitten. Steve führte sie zum Rettungsfahrzeug. Dort wurden
ihnen Decken gereicht und Ellen sollte die beiden untersuchen,
welche Verletzungen sie davongetragen hatten. Alles schien
gut auf den ersten Blick. Die Männer waren lediglich mit dem
Schrecken davongekommen. Als Steve die beiden toten
Männer gefunden hatte, nachdem er die Autobahn ein gutes
Stück abgelaufen war, bedeckte er die Leichen mit einer
Decke und zog sie beiseite. Abseits der neugierigen Blicke der
Autofahrer, der Schaulustigen, die immer irgendwo an einem
Unfallereignis zugegen waren. Steve kannte es nicht anders.
Manchmal hasste Steve seinen Job. Leichen zu beseitigen, sie
ansehen und bergen zu müssen, war kein leichtes Unterfangen.
Natürlich hatte er nach 20 Jahren eine gewisse Routine
entwickelt, aber jedes Mal wenn er seinen Job erledigte,
überkam ihn das Grauen und Entsetzen, wie grausam das
Leben doch sein konnte. „Was ist mit den Tieren hinten drin?

Was ist mit den Pferden?" Aufgebracht liefen einige
Menschen durch die neblige Nacht und schrien hilflos durch
die Gegend. Menschen, die genau wussten, dass sich Pferde an
Bord des LKWs befanden. Waren es Tierschützer, Menschen,
die vielleicht selbst Pferde besaßen, Menschen, die unter
Schock standen und verzweifelt durch die Nacht irrten?
Wollten sie helfen oder erschwerten sie den Rettungskräften
ihren Einsatz unnötig? Als Ellen die Verletzten des Unfalls
erstversorgt hatte, lief sie zu Steve. „Was ist mit den Pferden?
Gibt es noch lebende Tiere da drin?", fragte sie vorsichtig.
Steve hatte noch nicht nachgesehen. Wenn er ehrlich war,
graute es ihm davor, in den Innenraum des LKW zu klettern
um zu schauen, was sich dort drinnen abspielte. Es war
erstaunlich still geworden im Laderaum. Kein Wiehern. Kein
Trampeln. Stattdessen nur bedrohliche Stille. Eine
beklemmende Atmosphäre und niemand wusste so recht, was
zu tun war. Einen Tiertransporter zu bergen, war eine
undankbare Aufgabe für die Rettungskräfte und kam auch
nicht sehr häufig vor. Steve war im Besitz einer Waffe, mit der
er im Notfall leidende Tiere erschießen, sie von ihren Qualen
erlösen durfte. Sollten es einige der Pferde im Innenraum
überlebt haben, ihre Verletzungen aber so gravierend waren,
musste er ihr Leiden beenden und sie töten. Seine Gedanken
kreisten um den genauen Ablauf des Bergungsvorgangs. Wie
sollte er vorgehen? Zuerst würde er die Tiere einzeln
erschießen müssen. Wenn der Abschlepp- LKW, der bereits
auf dem Weg war, eingetroffen war, würde dieser das
Fahrzeug mitnehmen und man müsste später die toten Tiere
mit einem Kran von der Ladefläche wuchten. Dazu musste das
Dach des LKW zunächst mit einer Schere aufgeschnitten
werden. Gut, das würde nicht mehr zu seinem Job gehören.

Jedoch gehörten zu seinem Job die unzähligen Gedanken, die in seinem Kopf kreisten. Er war kein Mensch, an dem das Schicksal anderer Menschen abprallte, auch wenn er darauf trainiert war, cool zu bleiben und die eigenen Gefühle zu unterdrücken. Oftmals gingen ihm die Tragödien, die sich an den Unfallstellen abspielten, sehr nahe und zu Herzen. Einige Bilder verfolgten ihn noch Tage später. Albträume waren nicht selten an der Tagesordnung. Dennoch liebte Steve seinen Job. Steve kletterte beherzt in den Innenraum des LKWs, der sich in Seitenlage befand. Der Gestank von Ammoniak, Blut und verbrannten Materialien setzen sich in seiner Nase fest. Ein widerlicher Geruch. Einige der Tiere, die hilflos übereinander lagen, zappelten kraftlos. Steve hatte wenig Ahnung von Pferden. Seine Frau, von der er sich vor einigen Wochen getrennt hatte, war eine große Pferdeliebhaberin gewesen. Er dachte kurz an sie und die Bilder der Erinnerungen sausten durch seinen Kopf. Warum hatte man sich eigentlich getrennt? Gut, das waren Dinge, die gehörten nicht hierher. Die Situation war zu ernst. Aber die Trennung von „Kerrin" war auch ein ernstes Thema. Steve vermisste sie unheimlich. Wäre sie jetzt hier gewesen, vor Ort, sie hätte ihm sicherlich helfen können mit ihrem Fachwissen über Pferde. Ellen, die mittlerweile die Menschen notdürftig versorgt hatte, war ebenfalls in den Innenraum des LKWs geklettert. „Brauchst du Hilfe, Steve?", rief sie. Ihre Stimme zitterte. Ellen hatte Angst. Angst vor dem, was sie erwarten würde im Inneren des schweren Gefährts. Dass es sich um ein Lebendtiertransportfahrzeug handelte, war ihr bewusst. Steve erschrak für einen kurzen Moment. Nein, Ellen sollte das Elend nicht ansehen. Steve mochte es nicht, Frauen unnötigem „Übel" auszusetzen. Da interessierte es ihn auch nicht, dass

Ellen Rettungsärztin war. Das Leiden der Tiere musste sich die zarte Frau nicht „reinziehen“, wie er es gedanklich nannte. Den grausamen Horror, der sich in seinem schrecklichen Ausmaß in wenigen Minuten Steve gegenüber offenbaren würde, wollte er der jungen Frau ersparen. „Bleib bitte zurück“, antwortete er und hob die Hand in Ellens Richtung. Das ist nichts für dich! Hier ist nichts mehr zu retten, Ellen!“ Ellen ließ sich nicht beirren. Ihre Nerven waren stark genug, dachte sie. Sie wollte es sehen. Die Grausamkeit, die der fürchterliche Unfall hinterlassen hatte. Den Tod sah sie beinahe jede Woche einmal. Das war nichts Neues mehr. Tote Tiere hatte sie bisher weniger gesehen. Sterbende Tiere eigentlich gar nicht. Es waren eher die Menschen, die sie auf dem Weg des Sterbens begleitete. Vielleicht war doch noch etwas zu retten in dem LKW, dachte sie. „Lass uns das bitte gemeinsam ansehen, Steve!“ Ellen war entschlossen, sich dem Grauen zu stellen. Steve gab nach. Frauen zu widersprechen, war nie seine Art gewesen. Er war nicht einer der Männer, die endlos diskutieren mussten, um einer Frau zu signalisieren, dass er ihre Meinung nicht respektierte, weil sie das schwächere Geschlecht waren. Von der Sorte liefen genug Kerle draußen rum. Nein, so wie diese wollte er nicht sein. „Okay, Ellen!“ Steve senkte den Kopf und zog seinen Revolver aus der Jackentasche. Im LKW war es dunkel. Mittlerweile war es mitten in der Nacht und seine Taschenlampe gab nicht wirklich viel Licht her. Die Batterie schien schwach. Er leuchtete die Pferde ab. Sein Lichtstrahl traf auf ein Pferdeauge. Das Auge des Tieres war entsetzlich weit aufgerissen. Das Pferd lebte noch. Steve lud seinen Revolver durch und richtete den Lauf auf den Pferdekopf. „Willst du jetzt wahllos einfach alle Pferde abknallen?“ Ellen war entsetzt. Sie griff Steve am Arm und drückte ihn energisch nach unten. „Was soll ich denn tun?" Verzweiflung sprach aus dem Mann. Die Pferde spürten, dass ihnen weiteres Unheil bevorstand und einige von ihnen, in denen noch Lebensgeister innewohnten, versuchten sich aufzurichten. Durch die Bewegungen stöhnten die Pferde, die unter den schweren Körpern ihrer Artgenossen begraben waren. Ellen nahm Steve die Taschenlampe aus der Hand und näherte sich vorsichtig den Tieren. Ellen war keine Pferdespezialistin, aber sie war seit Kindesbeinen an eine sichere Reiterin und brachte einige Kenntnisse und Erfahrungen über die sensiblen Tiere mit. Sie leuchtete die Pferde ab. Die meisten von ihnen schienen gebrochene Gliedmaßen zu haben. Das erkannte sie an deren verrenkten Stellungen. Die Beine der Tiere waren verdreht und ihre Körper zitterten, waren schweißdurchtränkt. Zwei der Pferde lagen etwas außerhalb der aufgetürmten Körper. Ein weißes Pferd und ein kleineres dunkles, ein Pony vielleicht. Langsam, fast unmerklich näherte sich Ellen den beiden regungslosen Körpern. Um die Tiere herum war genug Platz, sodass beide vor Angst und Panik hätten aufspringen können. Ellen musste sich selbst vor Gefahr schützen. Wenn die Pferde aufgesprungen wären, hätte sie zerquetscht werden können. Deshalb ging sie sehr bedacht in ihren Bewegungen vor. Das kleinere Pferd, das Ellen zunächst für ein Pony hielt, war ein Fohlen. „Oh mein Gott", durchfuhr es Ellen. Das Fohlen lebte. Als sie es mit der Lampe ableuchtete, sah sie in das Auge des Tieres. Das Fohlen hob, geblendet durch den Lichtstrahl, seinen Kopf und versuchte aufzustehen. Das weiße Pferd, das seitlich unter dem Fohlen lag, schien ebenfalls zu leben. Es schnaubte leise. Der Lichtstrahl der Taschenlampe wanderte langsam über den Körper des mächtigen Tieres. Ein

Hinterbein des Fohlens war gebrochen. Ellens geschultes
Auge erkannte Frakturen innerhalb weniger Sekunden. Das
brachte die Erfahrung aus ihrem Beruf mit sich. „Pssst",
versuchte sie das Fohlen zu beruhigen. „Nicht aufstehen! Wir
helfen dir gleich, bleib ruhig!" Ellen streckte ihre Hand
langsam nach dem Fohlen aus. Nur wenige Zentimeter
trennten Tier und Mensch voneinander. Das Fohlen war zu
schwach, um aufzustehen, seinen Körper aufzurichten und sich
gegen die Berührungen der Frau zu wehren. Erschöpft legte es
seinen Kopf auf den Bauch des Kaltblüters. Das schwere
Kaltblut „Merlin" hatte bei dem Unfall, in dem Moment, als
der LKW umkippte, das Fohlen wie durch ein Wunder
abgefangen, als beide aufeinanderprallten. Das Fohlen war
durch den mächtigen Körper des Schimmels „weich" gefallen
und hatte sich keine weiteren Verletzungen zugefügt. Sein
Bein war bereits vor dem Unfall gebrochen. Weil die Männer,
die die Pferde verladen hatten, es unsanft und brutal die
Rampe hinaufgetrieben hatten. Merlin war bereit zu sterben.
Durch den Aufprall seines 900 kg schweren Körpers auf den
Eisenboden des LKW hatte er mehrere Rippenbrüche erlitten.
Eine Rippe hatte unbarmherzig seinen Lungenflügel
durchbohrt. Blut lief aus seinem Maul und aus seinen Nüstern.
Mit jedem Atemzug spürte er das Leben aus seinem Körper
schwinden. Merlin nahm es mit Würde. Tiere sterben anders
als Menschen. Ihre Herzen sind frei und bereit, den sterbenden
Körper loszulassen, wenn ihre Seele den Tod signalisiert.
Merlin atmete schwer. Die Luftzufuhr war begrenzt. Er
kämpfte nicht mehr dagegen an. Der Lichtstrahl aus Ellens
Taschenlampe traf sein Auge. Ellen sah das Blut. Dickes,
tiefrotes frisches Blut lief aus dem Maul des Schimmels. Ellen
bückte sich zu dem Pferd hinunter und streichelte über seine

Nase. Sie spürte, dass dieses Pferd, das im Sterben lag, ein besonderes Tier war. Ellen hatte keine Angst. Dieses große Kaltblut, vor ihr am Boden, schien weise und lebenserfahren. Das spürte die junge Frau tief in ihrem Herzen. Eine Intuition. Ellen war ergriffen. Niemals zuvor in ihrem Leben hatte sie ein Pferd gesehen, das so weiß wie der schönste Schnee im Winter war. In dunklen Innenraum des LKWs leuchtete der Schimmel beinahe wie ein Funken der Hoffnung. „Du hast dem Fohlen das Leben gerettet!" Ellens Augen füllten sich mit Tränen, während sie immer wieder würdevoll über die Nase des sterbenden Pferdes strich. Ihre Hand zitterte. Merlin hob ein letztes Mal den Kopf. Er spürte, dass der Mensch, der vor ihm stand, es gut mit ihm meinte. In seinen wenigen Lebensminuten, die ihm blieben, spürte er Mitgefühl und Respekt. Wärme. Ein Gefühl von Heimat. „Steve", bitte! Du musst den Schimmel erlösen!" Ellen wischte sich die Tränen aus ihren Augen. Eine ihrer Tränen fiel in das Auge des Pferdes. Welch ein berührender Moment…Steve nahm Ellen beiseite. Er hatte bemerkt, dass sie weinte. „Das sind nur Tiere!", flüsterte er leise, als er den Revolver durchlud. Beinahe so, dass die Pferde ihn nicht verstehen sollten. Seine gutgemeinten, tröstenden Worte, die an Ellen gerichtet waren, verfehlten ihre positive Absicht völlig. Ellen riss sich aus Steves Armen. „Nur Tiere?!" Beinahe hysterisch schrie sie. „Du hast ja gar keine Ahnung, Steve! Die Tiere hier sollten alle sterben! Warum auch immer! Auf dem Weg ins Schlachthaus waren sie! Menschen bestimmen über Tod und Leben! Tagtäglich, überall auf der Welt und du sagst, es sind nur Tiere!" Ellen war außer sich. Steve hielt sich zurück. Es war nicht der richtige Zeitpunkt, Ellen zu erklären, dass seine Worte sie trösten sollten und Steve sie unbedacht gewählt hatte. Zwei Menschen befanden sich in einer Extremsituation. Aus diesem Augenblick heraus richtig zu agieren und reagieren zu können, war ein Kunststück, das wohl kaum ein Mensch vollbracht hätte. „Bitte, erlöse den Schimmel!" Ellen ergriff Steves Arm. „Das Fohlen auch?" Steve glaubte sicher, dass er alle Pferde erschießen musste, früher oder später, jedoch stellte er Ellen die Frage. Steve spürte, Ellen ging der Unfall sehr nahe und er wollte die junge Frau nicht noch mehr in Bedrängnis bringen, oder sie verunsichern, indem er sich ihr gegenüber falsch verhielt. „Nein!" widersprach Ellen bestimmt. „Das Fohlen nicht! Das nehme ich mit". „Du machst was?", blickte Steve ungläubig zu Ellen. Er glaubte, sich verhört zu haben. „Ja", das nehme ich mit!" Ellen war verzweifelt und nervlich am Ende. Fahrig fuhr sie sich durch die Haare. Sie hatte den Durchblick verloren. Ihre Nerven waren zum Zerreißen gespannt. Die ganze Situation überforderte sie und sie wünschte sich fort von dem Geschehen. Fort vom Ort des Grauens. Nach Hause am liebsten. In ihr warmes Bett, auf ihre Couch, in die heiße Badewanne oder wohin auch immer, einfach fort von dem Erlebnis, das ihr schlimmster, wahrgewordene Albtraum war und in dem sie die Hauptrolle spielte. Ellen griff nach dem Handy in ihrer Hosentasche und wählte die Nummer ihres Tierarztes Dr. Winkler. Dr. Winkler war ihr Vertrauter. Seit Jahren. Für ihren Hund und ihre Katze zuhause war er der erste Mann in Krankheitsfällen. Als dieser am anderen Ende ziemlich verschlafen abnahm, immerhin war es mitten in der Nacht, bat Ellen: „Können Sie bitte zur Ausfahrt 69 kommen? Hier hat es einen Unfall mit einem Pferdetransporter gegeben. Ein Fohlen braucht sofort tierärztliche Hilfe!" Der erste Schuss hallte durch die Nacht. Steve hatte Merlin erlöst. Der

Kaltblüter fand seinen Frieden. Das kleine Fohlen war in
Panik aufgesprungen. Auf drei Beinen flüchtete es zitternd und
unter Qualen in die hinterste Ecke des LKWs. Seine letzen
Kräfte hatte es zusammengenommen. Das Fohlen war
traumatisiert, das war Ellen bewusst. Von den anderen Pferden
versuchten ebenfalls einige aufzuspringen, aufgeschreckt
durch den Schuss, der durch die Nacht hallte. Ellen schüttelte
den Kopf, als Steve sie fragend ansah, während die sterbenden
Pferde in Panik gerieten. Keines der Tiere war mehr zu retten.
Das hatte Ellen mit ihrem Kopfschütteln signalisiert. Steve
richtete den Revolver nach und nach auf die Pferde und
drückte ab. Eines nach dem anderen schickte die Eisenkugel,
die Steve durch die Köpfe und Körper der Pferde jagte, ins
Jenseits. Nach Hause. Dorthin, wo der Frieden wohnte. Die
Körper der Tiere sackten leblos zusammen und auf dem LKW
herrschte bedrückende Stille. Kein Stöhnen mehr, kein
Schnauben, kein lautloses Weinen und keine stummen Schreie
der verlorenen Seelen. Die Grausamkeit hatte ihr Ende
gefunden. Tödliche Stille. Bis auf das Fohlen waren alle
Pferde tot. Dr. Winkler war zügig vor Ort. Ellen kannte er, seit
sie ein kleines Mädchen war. Er behandelte bereits die Tiere
ihrer Eltern, da lag Ellen noch in den Windeln. Das Fohlen
ließ sich nicht anfassen. Voller Furcht und Panik sprang es auf
drei Beinen hin und her. „Wir müssen es sedieren!“ Dr.
Winkler kramte in seiner großen schwarzen Tasche. Ihm
fehlten für die Gräuel, die sich ihm in der Nacht des
Vollmondes boten, die Worte. „Steve, können Sie bitte
versuchen, das Fohlen zu greifen? Am besten mit beiden
Armen den Hals umfassen, damit ich dem Tier eine
Beruhigungsspritze geben kann?“ Dr. Winkler zog hastig eine
Spritze auf. Nach einigen wenigen Versuchen packte Steve das

Fohlen schließlich und das entkräftete Tier leistete keinen
Widerstand mehr. Das Beruhigungsmittel floss in die Venen
und das Tier sackte erschöpft in Steves Armen zusammen.
„Das Bein ist gebrochen!" Dr. Winkler betrachtete das Fohlen.
„Genaueres wird nur eine Röntgenuntersuchung ergeben, aber
das weißt du genauso gut wie ich, Ellen!" Er griff Ellen
respektvoll an die Schulter. Die junge Frau stand unter
Schock. Trotz, dass sie Leben retten und Nerven bewahren
musste, war ihr die Situation entglitten. Von cool und
abgeklärt konnte bei ihr keine Rede mehr sein. Ein
Gefühlswirrwarr! Auch wenn sie jahrelang darauf geschult
worden war, auf solche „Ernstfälle" war sie nicht vorbereitet.
Das Leben schrieb manchmal andere Gesetze. Theorie und
Praxis klafften oftmals weit auseinander und wenn man Pech
hatte, konnte man einstudierte Vorgehensweisen nicht
anwenden. Regungslos und gelähmt akzeptierte sie diese
Tatsachen. „Das Fohlen sollte in die Tierklinik", sinnierte sie
leise vor sich hin. „Wir können in meinem Auto die Rücksitze
umklappen und es in den Kofferraum legen." Ellen fuhr einen
alten, klapprigen Kombi, dort war genug Platz, um ein Fohlen
zu transportieren, solange es ruhig liegen würde.
Unberücksichtigt dessen, ob Steve und Dr. Winkler die Idee
gut fanden, dem Tier das Leben zu schenken oder sie sein
Leiden lieber beendeten, griffen beide Männer das regungslose
Tier und kletterten mit ihm aus dem LKW. Ein Fohlen trugen
sie durch die Nacht im Schein des Mondes. Vorbei am
Blitzlichtgewitter der Polizeiautos, den Krankenwagen und
vorbei an Menschen, die am Rand der Autobahn standen, weil
der gesamte Verkehr lahmgelegt war. Ellen hatte die Sitzbank
ihres Autos bereits umgeklappt und die beiden Männer
konnten das Tier vorsichtig hineinlegen. „Du kannst nicht

selbst fahren, Ellen", ermahnte Steve sie. „Du bist nervlich viel zu angespannt! Ich fahre Euch!" Ellen war erleichtert. Ja, sie war bestimmt nicht mehr in bester Verfassung, sowohl psychisch wie auch physisch. Als Autofahrerin keine guten Voraussetzungen an diesem frühen Morgen. Dankend nahm sie das Angebot von Steve an. Sie war erleichtert, dass er Verantwortung zeigte, und auch Mitgefühl. Für einen kurzen Moment überlegte sie, ihren Freund anzurufen und ihn zu bitten, dass er sie fuhr. Zur Tierklinik. Immerhin war er zuhause. Im warmen Bett wahrscheinlich. In Sicherheit. In Sicherheit vor den Grausamkeiten, die das Leben in diesen Stunden geschrieben hat. Als selbstständiger Computerfachmann kannte er die Gegebenheiten, mit denen sich Ellen täglich in ihrem Beruf rumschlagen musste, nicht wirklich. Nein, Ellen würde Maik nicht anrufen. Seit mehreren Wochen spürte Ellen, dass das Verhältnis zu Maik nicht mehr das Beste war und ihre Beziehung langsam aber sicher den Bach runterging. Für Ellens Belange hatte Maik kein Gespür, seine Wahrnehmung dafür konnte man auch als stumpf bezeichnen. Maik gab Ellen nur noch schlecht den Halt, den sie brauchte, wenn sie nach Feierabend, bzw. Dienstschluss heimkehrte. Von Tod und Sterben wollte er nichts hören. Er war der Mensch, der Zahlen, Kalkulationen und Technik im Kopf hatte. Die Traurigkeit, die Einsamkeit und der Tod, sowie schwere Krankheiten, waren ihm fremd. Er verbannte diese Wörter einfach aus seinen Gedanken. Wenn Ellen versuchte, ihm ihr Herz auszuschütten, reagierte er oftmals kühl und abweisend. „Dann hättest du dir eben einen anderen Job aussuchen müssen, wenn du nicht damit klarkommst!", entgegnete er trocken. „Ich möchte bei dem Fohlen hinten auf der Ladefläche mitfahren! Wäre das okay für dich?" Steve nickte. „Natürlich Ellen!" „Danke Dr. Winkler!" Ellen schüttelte die Hand des Tierarztes. Ihr Griff war fest und ausdrucksstark, sie hatte sich wieder etwas gefangen. Dr. Winkler bewunderte die junge Frau. Die Entschlossenheit einer so kleinen und zarten Person imponierte ihm. Respektvoll sagte er: „Viel Glück Ellen! Wir sehen uns!" Der Kombi, mit Steve am Steuer, sowie Ellen und dem Fohlen auf den umgeklappten Rücksitzen, setzte sich holprig in Bewegung. Die Gangschaltung hakte etwas und Steve hatte mit fremden Autos anfänglich immer so seine Probleme. Ellen saß zusammengekauert auf der Ladefläche ihres Autos. Den Kopf des Fohlens bettete sie liebevoll auf ihren Beinen. Sanft streichelte sie über den ausgemergelten Körper des erschöpften Tieres. Sie blickte aus dem Fenster. Der Vollmond zog neben ihnen her, wie ein Begleiter der Hoffnung. Hoffnung, weil er Licht spendete. Zwischendurch schoben sich ein paar Wolken vor den gelben Ball am Himmel. „Nebelmond", dachte Ellen. Ellen drehte ihren Kopf zum Vorderraum des Autos. Steve saß schweigend am Lenkrad. „Nebelmond", sprach sie in seine Richtung. „Das Fohlen soll Nebelmond heißen, Steve, wie findest du das?!" Ein schwaches Lächeln huschte über ihr Gesicht und eine kleine Träne kullerte an ihrer Wange entlang. Steve blickte in den Rückspiegel. „Das ist ein wunderbarer Name für das Fohlen, Ellen!" Welch eine besondere Frau Ellen doch war, überlegte Steve. Eine Frau, die das Herz am rechten Fleck hatte. Eine Frau wie Ellen, verdiente Maik gar nicht. Steve kannte Maik gut. Er wusste, dass Maik ein egoistisches Arschloch war. Gefühllos und kalt, berechenbar. Ein Geschäftsmann ohne Herz. Aber das war nicht seine Angelegenheit. Er durfte sich nicht einmischen. Oftmals überlegte er, Ellen die Augen zu öffnen, oder sich Maik zur Brust zu nehmen. Ein Gespräch von Mann zu Mann, aber wozu sollte er sich in die Beziehung der beiden einmischen? In der Tierklinik kümmerte man sich rührend um Ellen, Steve und ihr vierbeiniges Sorgenkind Nebelmond. Im Radio hatte man bereits erfahren, was auf der Autobahn passiert war und Dr. Winkler hatte den Patienten telefonisch angekündigt. „Wir kümmern uns um das Pferd so gut es geht, Ellen!" Dr. Schweiger, der diensthabende Tierarzt schien zuversichtlich. „Wir werden in Ruhe röntgen und alle weiteren Organe untersuchen! Sie fahren jetzt bitte nach Hause und kümmern sich um sich selbst, in Ordnung?" „Aber ich möchte wissen, was los ist, es ist kein Problem für mich, hier zu warten, bis die Untersuchungen abgeschlossen sind", leistete Ellen energischen Widerspruch. Dr. Schweiger nahm Ellen lächelnd und herzlich in den Arm. „Sie können hier ohnehin nichts weiter tun und das Warten ist keine gute Lösung in ihrem Zustand! Sobald wir etwas wissen, rufen wir an und morgen besuchen Sie ihre kleine Freundin!" Hat die kleine Stute schon einen Namen?" Dr. Schweiger blickte Ellen fragend an.

„Nebelmond!"

„Ein besonders außergewöhnlicher Name!", lächelte der Tierarzt erstaunt. In seinem Leben hatte er viele Pferdenamen gehört. Ein „Nebelmond" war ihm noch niemals untergekommen. „Morgen kommen Sie „Nebelmond" besuchen und dann besprechen wir alles weitere!" Er drückte Ellens Hand und zwinkerte ihr dabei freundlich zu. Ellen nickte. Auf weiteren Widerstand verspürte sie keine Lust mehr. Sie war müde und erschöpft. Sehnte sich nach einem heißen Bad, einem Kaffee und wenn sie ehrlich war, wünschte sie sich in Maiks Arme. Zuspruch, Wärme, Geborgenheit und einem Ort, an dem sie ihren Tränen freien Lauf lassen konnte.

„Nebelmond", die kleine Stute, wurde von den Tierarzthelferinnen liebevoll auf eine Liege gebettet, damit das Fohlen direkt in die Röntgenabteilung gefahren werden konnten. Ellen beugte sich ein letztes Mal zu dem Pferd und gab der Stute einen Kuss auf die Stirn. „Du schaffst das, mein Mädchen, sei stark! Bitte! Morgen komme ich wieder, dann geht es dir schon viel besser, ganz bestimmt, versprochen!"

Als Ellen den Schlüssel in ihrer Wohnungstür umdrehte, wurde die Tür von innen geöffnet und Ellen von Maik direkt in Empfang genommen. Ihr Freund hatte sie bereits im Vorraum gehört und er zog sich den Morgenmantel über. „Warum hat das denn so lange gedauert? So lange dauern eure Einsätze doch sonst nicht! Du warst beinahe die ganze Nacht fort, Ellen!", schimpfte Maik vorwurfsvoll. „Ja", es war ein besonderer Einsatz, Maik!" Ellen ließ die Wohnungstür ins Schloss fallen und zog sich ihre Jacke aus. Die Nacht hatte sie genug Kraft und Nerven gekostet. Eigentlich hatte Ellen gehofft, dass Maik sie in den Arm nehmen und fragen würde, was genau passiert war. Das hatte er ganz zu Anfang ihrer Beziehung getan. Seitdem waren 2 Jahre vergangen und die Lieblosigkeit drängte sich zwischen die beiden immer mehr in den Vordergrund. Nein, Maik fragte nicht weiter, er nahm sich aus dem Kühlschrank ein Bier und ging wortlos zurück ins Schlafzimmer. Während Ellen sich nach Liebe, Wärme und Geborgenheit sehnte, suchte Maik die Ruhe. Die Ruhe vor der möglichen Konversation mit Ellen. Seit Wochen stellte sich Ellen die Frage, ob ihre Beziehung überhaupt noch Sinn machte.

„Nebelmond", das Fohlen, schlief sehr unruhig in der Nacht während ihres Klinikaufenthalts. Die Ärzte spritzten ihr ein Beruhigungsmittel und gipsten ihr kleines, gebrochenes Beinchen ein. Das Röntgenbild zeigte eine Trümmerfraktur. Aber die Ärzte schienen zuversichtlich. Nebelmond war jung und mit ein wenig Glück, würden die Bruchstellen gut verwachsen. Nebelmond sah in ihren Träumen ihrer Mutter. Beide Pferde begegneten sich in einem herrlichen Wald im Morgennebel. Nebelmond wieherte freudig, als sie ihre Mutter zwischen den Bäumen auf einem Hügel erkannte. Ihre Mutter, die den Namen „Bleeding Love" trug, war von besonderer Schönheit. Schlank wie ein Reh, zart wie eine Elfe und anmutig wie ein Diamant. „Bleeding Love" war schnell wie der Wind, wenn sie galoppierte. Nein, sie war schneller noch. Viel schneller sogar. Nebelmonds Mutter war ein Rennpferd. Ein englisches Vollblut. „Bleeding Loves" Vater, Nebelmonds Opa, war der weltberühmte Novellist. Ein Sohn des legendären „Monsun". Nebelmond war Bleeding Loves erste Tochter und entstammte dem legendären Hengst „Eden Rock", einem Sohn des weltberühmten Hengstes „Dashing Blade". Nebelmond war ein hochkarätiges Rennpferd mit allerfeinster Abstammung. Hinsichtlich der Blutführung sämtlicher ihrer Vorfahren, übertraf sie alles, was Rang und Namen in der Rennsportszene hatte. In ihren Adern floss das Blut weltbester Rennpferde. Das Vermögen der jungen Stute wurde zum Zeitpunkt kurz vor ihrer Geburt auf sagenhafte 50.000 Euro geschätzt. Von den Ärzten in der Klinik, die Nebelmond behandelten, wusste davon niemand etwas. Und auch Ellen konnte natürlich nicht ahnen, um welch ein wertvolles Tier es sich bei ihrem geretteten Fohlen handelte. Nebelmond war eines Tages von der Koppel, auf der sie mit ihrer Mutter friedlich graste, gestohlen worden. Von zwei Idioten, die nicht annähernd eine Ahnung hatten, welch ein kostbares Tier sie entwendeten. Für 500 Mark verkauften sie das Fohlen an den Schlachter. Auf die Ladefläche eines Lieferwagens hievten sie das hilflose Tier und fuhren einfach davon. Die Besitzer und Eigentümer der Stute „Bleeding Love" und ihrem Fohlen, das statt Nebelmond, eigentlich „Blue Native Dream" hieß, waren über das plötzliche Verschwinden des Fohlens natürlich zutiefst schockiert und entsetzt. Welch ein Verlust in der Rennszene das Verschwinden des Fohlens bedeutete, unfassbar! Zeitungsaufrufe, Internetsuchanzeigen und TV Aufrufe wurden gestartet. Vergebens. Die Polizei versprach den Besitzern keine allzu großen Hoffnungen mehr auf ein Wiederauffinden des Fohlens. Wenn Pferde verschwanden, dann gingen sie meist alle den direkten Weg zum Schlachter, so lauteten die Auskünfte der Behörden. Die Besitzer von Bleeding Love begruben den Glauben an ein Auffinden ihres Fohlens. „Bleeding Love" rief Tage- und nächtelang nach ihrer kleinen Tochter. Ihr Wiehern klang verzweifelt und traurig. Sie weinte um den Verlust. Während sie des Nachts von ihrem kleinen Fohlen träumte, träumte Nebelmond von ihrer Mutter. Viel zu früh wurden die beiden getrennt. Nebelmond hätte noch gut 8 Wochen Zeit gehabt, bis sie abgesetzt werden sollte. „Wir haben das Bein gegipst! In zwei Wochen machen wir eine weitere Kontrolluntersuchung! Sie können Ihr Fohlen mit nachhause nehmen, Ellen! Ansonsten ist die kleine Stute, bis auf dass sie wahrscheinlich traumatisiert ist, gesund!", meinte Dr. Schweiger am Telefon, als Ellen sich gleich am nächsten Tag nach dem Fohlen erkundigte. Ellen atmete erleichtert tief durch. Das waren gute Neuigkeiten. Jetzt musste sie nur noch einen Stallplatz

besorgen und dann konnte sie ihre kleine Freundin abholen.
Ellens Freude stand mit Tränen in ihrem Gesicht geschrieben.
„Warum heulst du jetzt?", keifte Maik barsch, als er sah, wie
Ellen sich die Tränen aus dem Gesicht wischte. „Weil ich
glücklich bin!", entgegnete Ellen und verließ die Wohnung.
Sie ließ Maik wortlos stehen. Ellen nahm sich einige Tage frei.
Dienstfrei. Sie musste die Geschehnisse, oder vielmehr die
beklemmenden Eindrücke erst einmal verkraften und natürlich
wollte sie sich auch um das Wohlergehen von Nebelmond
kümmern. Auf ihrer Dienststelle zeigte man Verständnis für
Ellen. Es kam nicht allzu oft vor, dass es Einsätze wie diese
gab, auf dem Ellen ihren Dienst leisten musste. Ein
verunglückter Tiertransporter in der Größenordnung war eher
die Ausnahme. „Steve", ich kann Nebelmond abholen, es geht
ihr soweit gut, das Bein haben die Ärzte gegipst und ansonsten
ist sie wohl okay. Kannst du einen Transporter oder ein Auto
organisieren, damit wir sie zum Stall fahren können?" „Na
klar", ich würde vorschlagen, wir treffen uns um 15 Uhr vor
der Klinik, in Ordnung?" Ellen dachte nach. Über Steve. Er
war ein so lieber Kerl. Ganz anders als Maik. Gutmütig und
hilfsbereit. Ob sie Maik nicht einfach rausschmeißen sollte aus
der gemeinsamen Wohnung? Sie war doch schon so lange
nicht mehr glücklich mit diesem Menschen. Manchmal
widerte sie bereits sein Anblick an. Wie sich ein Mensch in
der kurzen Zeit so sehr verändern konnte, war Ellen
unbegreiflich. Aus ihrer anfänglich großen Liebe war ein
egoistischer Besserwisser und Dauernörgler geworden. Ein
liebloses „Etwas". Wo war sie geblieben, die Liebe zwischen
ihnen? Nette, herzliche Worte, Umarmungen, Zärtlichkeit.
Alles war fort! Wie nie dagewesen! Traurig. Ein Stall wurde
schnell organisiert für Nebelmond. Ein Bauer in der Nähe, der

sich auf Pensionspferdehaltung spezialisiert hatte, erklärte sich gern bereit, Nebelmond aufzunehmen. Ein freundlicher alter Mann, rau aber herzlich. Bauer „Heinrich". Mit Pferdeverstand und Ahnung, sowie dem Herz am rechten Fleck. Das spürte Ellen schnell. „Bringen Sie Ihr Fohlen, Madame! Ich habe im Radio von der Rettungsaktion gehört! Meinen Respekt! Sie haben Großartiges geleistet! Ein Pferd mitzunehmen in einer derartigen Situation und ihm das Leben zu schenken, hat Anerkennung und Achtung verdient! Sie hätten es auch einfach erschießen können, wie die anderen Tiere!" Niemand konnte eine Prognose abgeben, wie sich die Verletzung des Fohlens entwickelte und wie gut sie heilen würde. Zu welchen Komplikationen es kommen könnte. Die Ärzte sprachen von einer eventuellen, dauernden Unbrauchbarkeit des Pferdes. Aber auch von der Möglichkeit, dass sich alles in den Jahren verwuchs. Man musste abwarten und die Zeit würde zeigen, wie es weiterging. Es stand in den Sternen, und ein kleiner Teil lag an Nebelmond und ihrem Willen, zu gesunden. Ellen war das völlig egal, ob sie ein unbrauchbares Pferd ihre Freundin nannte. Sie hatte das kleine Fohlen bereits ganz tief in ihr Herz geschlossen. Ellen würde alles dafür tun, damit es Nebelmond an nichts fehlte. Die ersten Tage schlief Ellen mit dem Fohlen zusammen in der Box. Das Fohlen musste zunächst lernen, dass es mit dem Gips laufen konnte. Das Aufstehen und Hinlegen klappte von alleine nur schlecht. Ellen gab Unterstützung im Laufen, beim Aufstehen und Niederlegen. Nach wenigen Tagen verstand Nebelmond, dass sie trotz des Gipses freibeweglich war. Von Tag zu Tag klappte es besser. Der alte Pferdezüchter warf einen Blick in die Box des Fohlens, während Ellen an der Wand kauerte, in einem Buch las und Nebelmonds Kopf bereits vertraut über Ellens Beinen lag. Tief und fest schlief die kleine Stute. „Das ist ein sehr edles Fohlen, Ellen! Weißt du etwas über seine Herkunft?“ „Nein, leider gar nichts!“, entgegnete Ellen. Sie streichelte Nebelmond liebevoll über den seidigen Hals. „Man sieht der Stute an, dass sie ein Vollblut ist, Ellen! Schau einmal, wie schlank ihre Gliedmaßen sind und wie anmutig der Blick! Die klaren Augen, klein aber dunkel, trocken und ausdrucksstark, das ist der Blick eines Rennpferdes. Da habe ich genau ein Auge für, glaube mal! In meinem Leben sah ich unzählige Rennpferde. Und Menschen, die ihr gesamtes Hab und Gut wegen ihnen verloren haben, weil sie alles Geld, das sie besaßen, auf die Pferde wetteten!“ Der alte Bauer lachte. „Die besten Rennpferde der Welt, ich habe sie alle gesehen, Ellen! Danedream, Tertullian, Monsun, Lomitas! Sie alle sah ich auf der Bahn laufen! Manchmal wettete auch ich auf sie, zum Leidwesen meiner Frau, Maria. Aber weißt du, es ist eine Sucht. Einmal damit infiziert, mit dem Rennvirus, und du kommst nie wieder von ihm los! Hast du mal eine Rennbahn besucht, Ellen?“ Ellen schüttelte den Kopf. „Nein!“ „Vielleicht gehen wir mal beide zusammen hin!“ Der Bauer zwinkerte ihr zu und schnalzte leise mit seiner Zunge. Ellen besorgte sich Fachmagazine über das Rennreiten und Rennpferde. Die Worte des Stallbetreibers stimmten sie nachdenklich und sie wollte fachwissentlich auf dem Gebiet des Rennreitens einsteigen und informiert sein. Ein langersehnter Kindheitstraum. Jockey! Aber was machte das eigentlich aus, ob es sich bei Nebelmond nun um ein Renn- oder Wald und Wiesenpferd handelte? Für Ellen spielte das eigentlich keine Rolle. Wie konnte sie genauere Informationen über die Herkunft ihres Fohlens erfahren? War das möglich? Sollte sie einen Aufruf starten? Mit Fotos von Nebelmond, vielleicht erkannte jemand das Pferd? Irgendwoher musste die kleine Stute schließlich kommen und das hätte Ellen schon interessiert. Als Ellen ihren Dienst wieder antrat, fand Maik die Bücher und Zeitschriften über den Pferderennsport und er wurde stutzig. Hatte Ellen ihm nicht erzählt, dass ein Fohlen aus dem verunglückten Schlachttransport gerettet wurde? Ereignete sich dieser Vorfall nicht etwa zeitgleich mit dem Verschwinden des berühmten Fohlens „Blue Native Dream"? Maik verfolgte im Gegensatz zu Ellen sämtliche Nachrichtenmöglichkeiten sehr aufmerksam. In diesen Medien fühlte er sich wohl. Ellen hatte für so etwas kaum Zeit. Sie war zu sehr beschäftigt mit ihrer Arbeit. Fernsehen, Internet, oder auch das Radio übten auf Ellen kaum eine Faszination aus. Für sie waren es schlichtweg Fremdkörper in ihrem Leben. Zwischen Ellen und Nebelmond entstand eine innige Freundschaft. Nebelmond respektierte in Ellen eindeutig ihre Ersatzmutter und sie folgte der jungen Frau auf Schritt und Tritt. Während das Fohlen anderen Menschen und Pferden gegenüber sehr scheu und zurückhaltend war, schenkte das Tier Ellen sein Herz. Seiner Lebensretterin. Nebelmond wieherte freudig, sobald sie Ellens Schritte im Stall hörte. Ellen brachte immer eine Überraschung für die kleine Stute mit. Einmal waren es frische Möhren vom Gemüsehändler um die Ecke, dann frische Äpfel von ihrer Nachbarin aus deren Garten. Dieses Jahr trug der Baum herrliche Früchte. Frisch und saftig. Die alte Dame hatte Ellen die Äpfel voller Stolz überreicht. „Für ihr Sorgenkind!", sagte sie und Ellens Freude war riesig. Die regelmäßigen Untersuchungen, die in der Pferdeklinik durchgeführt wurden, waren in ihren Prognosen hoffnungsvoll. Die Trümmerfraktur des Beines verheilte gut und in zwei Wochen würde man dem Fohlen den Gips schließlich entfernen. Dann durfte das Fohlen auch erstmals wieder Bewegung haben und Ellen konnte endlich mit der kleinen Stute spazieren gehen. Maik wurde es zusehends ein Dorn im Auge, dass Ellen in ihrer Freizeit mehr Zeit im Stall bei ihrem Fohlen verbrachte, als sich mit ihm zu beschäftigen. Eifersucht vergiftete seine Seele, ungehalten und ungerecht wurde er gegenüber Ellen. Er beschimpfte sie immer mehr und seine Unzufriedenheit trug zum „Schiefhängen des Haussegens" bei, der ja sowieso mehr schief, als gerade war. „Was hältst du davon, wenn du zur Abwechslung mal wieder was kochen würdest, als deine freie Zeit bei diesem nutzlosen Gaul abzuhängen?" Er sagte dies scharf und zischend „Du kannst dir ja durchwegs auch mal selber was kochen, Maik?", entgegnete Ellen genervt. „Wenn das so weitergeht Ellen, dann werde ich mich von dir trennen!" „Ja, dann ist das wohl so, Maik!" Ellen ließ sich von Maik nicht mehr beeindrucken. Dass Maik sich in seiner Ehre verletzt und gekränkt fühlte, konnte Ellen nicht nachvollziehen. Ebenfalls nicht, dass er eifersüchtig auf ein kleines, krankes Fohlen war. Wie sehr hätte Ellen sich gefreut, wenn Maik sie einmal zum Stall begleiten und das wundervolle Fell von Nebelmond streicheln würde! Dann hätte auch er einmal sehen können, wie sanftmütig und liebevoll dieses kleine Lebewesen war. Maik jedoch interessierte sich nicht für Ellens Wünsche, Sorgen und ihr kleines Fohlen. Ihn interessierten Geld, Macht und Erfolg. Danach strebte er. Gefühle spielten bei ihm anscheinend nur eine Nebenrolle. Wenn überhaupt. Ellen war glücklich, wenn sie ihre kostbare Freizeit im Stall verbringen konnte und Maik zuhause nicht ertragen musste. „Irgendwann solltest du dich aber vielleicht von ihm trennen, Ellen!" Steve, der ab und zu mal nach dem Rechten sah, bei Nebelmond und Ellen, spürte

Ellens zunehmende Traurigkeit über ihre unglückliche Beziehung. „Ja“, ich muss einen Strich ziehen, Steve! Unbedingt! Es ist aber gar nicht so einfach!“ „Was ist daran nicht einfach?“ Steve konnte Ellens Zweifel nicht nachvollziehen. „Naja, eigentlich habe ich Maik ja gern! Irgendwie…..! Immerhin war es mal Liebe zwischen uns! Ach, es ist so schwer, so kompliziert…!“ Steve schüttelte verständnislos den Kopf. Nebelmond war seit mehreren Wochen bereits ohne Gips unterwegs und durfte sich endlich wieder frei bewegen. Ellen hatte sie auf die Koppel gelassen. Die Sonne schien, blauer Himmel, bestes Wetter im Spätsommer! Die anderen Pferde kamen neugierig zum Zaun getrabt, um das kleine Fohlen zu begrüßen. Nebelmond schnupperte vorsichtig durch die Bretter hindurch an den fremden Nasen und wieherte aufgeregt. Dann wandte sie sich zu Ellen, die am Zaun stand und trabte zu ihr. Ihren Kopf rieb sie an Ellens Händen. Für Nebelmond spielte Ellen eindeutig eine wichtigere Rolle, als andere Pferde. „Die wirst du nie wieder los, die kleine Stute, Ellen!“, lachte der Bauer, der den ersten aufregenden Tag im Leben des kleinen Fohlens natürlich mit verfolgen wollte. Endlich durfte sich das hübsche Fohlen wieder so bewegen, wie es seiner Natur entsprach. Welch ein aufregender Moment. Aber Nebelmond wollte gar nicht galoppieren oder mit den anderen Pferden zusammen grasen. Sie dachte gar nicht daran. Die kleine Stute wollte viel lieber mit Ellen kuscheln und sich von ihr verwöhnen lassen. Ellen streichelte ihrer Stute liebevoll über die Nase. Vernarrt sagte sie: „Sie ist so wundervoll!“ Der Bauer nickte. „Oh ja, ein ganz besonderes Pferd! Das habe ich dir gleich gesagt Ellen! Die kleine Stute ist etwas ganz Feines! Und sie liebt dich!“ „Ob ich sie wohl eines Tages reiten kann, wenn sie erwachsen ist, Heinrich?" „Ihr werdet durch den Wald fliegen, schneller als der Westwind", das verspreche ich dir!" Der Bauer pfiff durch seine Zähne und zwinkerte Ellen zu. Sie lachte. Der Alte hatte Humor. Ellen mochte diesen Kauz und auch seine Fröhlichkeit. Die kleine Stute und ein alter Mann mit Lebenserfahrung, und einem großartigen Wissen über Pferde, gaben ihr mehr Halt und Gefühl in ihrem Leben, als ihr eigener Freund. Eigentlich müsste Maik für sie da sein, sie unterstützen, sich mit ihr freuen, dieses vollkommene Glück mit ihr teilen! Aber sie war allein. „Nebelmond läuft bereits sehr gut Ellen!" Steve staunte nicht schlecht, als er Ellen und die kleine Stute das nächste Mal besuchte. Er hatte das Pferd niemals zuvor in der Bewegung gesehen, nachdem der Gips abgenommen war. „Man sieht ihr nicht an, dass sie ein gebrochenes Bein hatte!" „Ja", der Arzt aus der Klinik ist auch sehr zufrieden mit uns!", strahlte Ellen über das ganze Gesicht. Steve nahm Ellen in den Arm. Freundschaftlich drückte er sie eng an sich. „Es freut mich so für dich, Ellen!" „Danke, Steve!", flüsterte Ellen selig. Von dem drohenden Unheil, das sich bereits zusammenbraute, ahnte sich nichts.

„Ja, ich glaube, ich weiß wo Ihr Fohlen geblieben sein könnte! Wie? Nein, ich mache keine Witze! Wie hoch ist denn die Belohnung angesetzt, die zur Wiederbeschaffung des Fohlens führt? 5000 Euro? Aha, ja! Ja, ich melde mich wieder bei Ihnen!" Maik fuhr sich nervös durch die Haare. Er musste nun doch einmal zum Stall fahren und sich Ellens Fohlen genauer ansehen. Er wollte sichergehen, dass es sich tatsächlich um das vermisste Fohlen aus den Medien handelte. Um das Fohlen aus dem Rennstall, das seit mehreren Wochen vermisst wurde. „Ellen, ich möchte mir gerne einmal deinen Liebling ansehen!" Ellen war erstaunt, als sie Maiks freundliche Worte vernahm. Bisher hatte er sich nicht einmal annähernd dafür interessiert, was Ellen am Herzen lag und was ihr wirklich wichtig war. Sollte Maik sich tatsächlich ändern und ihre Beziehung eine positive Wendung nehmen? Ellen wünschte es sich von Herzen. „Die Hoffnung stirbt bekanntlich zum Schluss", beruhigte sie sich. „Das würdest du wirklich tun, mich einmal zum Stall begleiten?", juchte Ellen voller Freude. Ihr Herz machte einen wahrhaftigen Freudensprung. „Ja, wenn ich es doch sage!", triumphierte Maik und Ellen merkte nicht, wie falsch und aufgesetzt das Lachen ihres Freundes war. Ellen glaubte, dass die Liebe zu ihrem Freund eine neue Chance bekommen würde. Maik jedoch, er steckte voller Hass und Intrigen, Ellen das zu nehmen, was ihr am meisten am Herzen lag. Es bedeutete für ihn Genugtuung. Nämlich, ihr das geliebte Pferd zu entreißen. Aus seiner krankhaften Eifersucht heraus. Sein elendiges Selbstmitleid stank zum Himmel. Nur Ellen nahm es nicht wahr. Nebelmond galoppierte freudig zum Zaun der Koppel, als Ellen sie rief. Maik staunte nicht schlecht. Seine Freundin und ihr Pferd schienen in der Tat eine sehr innige und liebevolle Beziehung miteinander zu führen. Das war also dieses Tier, das Ellens ganze Liebe und Fürsorge bekam. Das Tier, für das Ellen ihre Freizeit opferte und Maik zurückstecken musste. Sein Hass schnürte ihm die Kehle zu, aber er verdrängte vorübergehend dieses Gefühl und versuchte, Ellen gegenüber ein freundliches Gesicht aufzusetzen. Bald würde die Angelegenheit, dass sich Ellen um ein Pferd kümmern musste, sein Ende finden. „Soll ich mal ein Foto von Euch machen? Ihr beide seid ja wirklich zuckersüß zusammen!" „Das würdest du tun?", fragte Ellen erstaunt. Maiks Sinneswandlung war ihr direkt unheimlich. „Ja, na klar!" Ellen stellte sich freudig und lachend neben

Nebelmond und legte ihren Arm um den Hals den Pferdes. Für den Moment überlegte Maik, dass es genau dieses Lachen gewesen war, in das er sich vor ein paar Jahren verliebt hatte. In ihm aufkeimende Liebesgefühle verdrängte er. Dieses Fohlen, dem Ellens Herz gehörte, das musste er loswerden, schnellst möglichst, sonst hatte seine Liebe keine Chance mehr. Maik hatte schnell ein paar Bilder im „Kasten". Diese würde er gleich an die vermeintlichen Besitzer des Pferdes weiterreichen, die schmerzlich ihr Eigentum vermissten. Vielleicht handelte es sich bei Nebelmond tatsächlich um das verschollene, ach so wertvolle Fohlen! Von der Aktion versprach sich Maik mehrere Vorteile. Einerseits würde das Fohlen endlich seiner Mutter wieder zugeführt werden. Ellen bliebe dann mehr Zeit, sich um ihn zu kümmern, anstatt ein krankes Pferd zu pflegen. Anderseits hätte Maik 5000 Euro mehr im Portemonnaie. Die Besitzer des vermissten Pferdes wären garantiert froh, ihr Eigentum wiederzubekommen. Maik sah bereits den Zeitungsartikel vor Augen. „Ahnungsloser Bürger entdeckt zufällig wertvolles, verlorenes Fohlen!" Er rieb sich freudig die Hände. Erstaunt war er über seine grandiosen Ideen und gewinnbringenden Gedanken. Leicht verdientes Geld. Seine Widerwärtigkeit und Hinterlist empfand er nicht als solche. Seinen schmutzigen Charakter, der im Laufe der letzten Monate bei ihm eingezogen war, ebenfalls nicht. Die Besitzer des Fohlen identifizierten Nebelmond, anhand der Fotos von Maik, tatsächlich als „Blue Native Dream". Ein junger Mann, etwa in Maiks Alter, nahm schließlich Kontakt zu dem „Finder" auf. Maik und er vereinbarten einen Termin, an dem das Fohlen angesehen werden sollte. Natürlich wurde Elle nicht in die hinterhältige Aktion ihres Freundes eingeweiht. Wozu auch? Maik war sicher, dass Ellen mit allen Mitteln versuchen würde, seine ihm grandios erscheinende Idee, kaputtzumachen. Er hatte mit dem Besitzer des Pferdes bereits ausgemacht, dass man ihn aus der Sache raushalten sollte. Eine Art zufällige Entdeckung musste es sein! An einem Tag, als Ellen Dienst hatte, sollte die Besichtigung des Fohlens stattfinden. Maik wollte sichergehen, dass Ellen nicht anwesend war und ihm somit keinen Strich durch die Rechnung machen konnte. An dem Tag hatte der Bauer vom Hof den Eindruck, etwas würde mit Nebelmond nicht stimmen. Die Stute war sehr aufgeregt. Den ganzen Tag bereits galoppierte das Tier unruhig auf der Weide umher. Lief entlang dem Zaun und wieherte aufgebracht. Bauer Heinrich hielt es für sinnvoll, Ellen zu benachrichtigen. Er hatte versprochen, sobald er glaubte, etwas sei mit dem Pferd nicht in Ordnung, Ellen sofort zu benachrichtigen. Er rief Ellen auf der Dienststelle an und Ellen versicherte, sofort zu kommen, um nach ihrer Stute zu sehen. Zeitgleich traf sich Maik mit Herrn Rosenthal, dem vermeintlichen Besitzer von Nebelmond weit außerhalb des Gehöfts. Nachdem die beiden Herren ein ausgiebiges Gespräch über ihre Vorgehensweise geführt hatten, wurde vereinbart, dass Herr Rosenthal zum Stall fuhr, in dem das Fohlen untergebracht war. Als Rechtweisung seines Besuches konnte er immerhin angeben, dass er Hinweisen auf den Verbleib seines Eigentums nachging. Im Grunde genommen entsprach es den Tatsachen und war nichts Ungewöhnliches. Eigentlich war es sein gutes Recht. Herr Rosenthal versicherte Maik, seinen Namen mit keinem Wort zu erwähnen. Als Herr Rosenthal schließlich bei den Stallungen eintraf, stand er zunächst vor Bauer Heinrich. und der ließ so schnell niemanden an sich vorbei. Fremde Menschen duldete er generell nicht auf seinem Hof. Und wenn er nicht zuhause war, sorgte sein Hund „Leopold", ein Dobermann, für Ordnung rund um das Gelände. „Mit wem habe ich die Ehre, junger Mann?" Bauer Heinrichs Stimme klang wachsam und auch etwas unwirsch. „Rosenthal!" Der junge Mann, der recht freundlich schien, reichte dem mürrischen Alten die Hand zum Gruße. Der Bauer nahm sie und drückte sie ziemlich fest. Sein Druck sollte gleich signalisieren, dass es sich bei ihm um einen ehrlichen und ehrwürdigen Menschen handelte, der seinen Mitmenschen ebenfalls Aufrichtigkeit abverlangte. „Ich habe Hinweise erhalten, dass sich womöglich mein Fohlen bei Ihnen aufhalten könnte, Herr Hartmann!" Bauer Heinrich überlegte kurz. Es klingelte fix in seiner alten Rübe und er schob sich nachdenklich seinen Hut, den er immer trug, damit die Sonne ihm nicht die Glatze verbrannte, in den Nacken. „Rosenthal? Der Rosenthal, der Rennstallbesitzer?", brummte er. Herr Rosenthal nickte freundlich. „Ja genau! Genau der!" „Sie haben den Deckhengst „Impressive Dream" in Ihren Stallungen stehen, nicht wahr?" Herr Rosenthal blickte erstaunt. „Ja, woher wissen Sie, Herr Hartmann?" „Tja, Ihren Vater, den Franz Rosenthal, den kannte ich gut, nu isser ja leider verstorben, Gott hab ihn selig! Ich bin bei ihm mit meinen Stuten zum Decken gewesen! Is schon lang her, eine Ewigkeit." Herr Rosenthal Junior lachte. „Ach, das ist ja ein Ding, ja die Welt ist klein und ein Dorf!" Die Situation zwischen dem jungen Mann und dem alten Bauern wurde etwas herzlicher, war sie doch zuvor eher kühl und ablehnend gewesen. Beide wussten jedoch nicht, welchen Ausgang ihr Aufeinandertreffen nehmen würde. Es war eine heikle, unangenehme Situation! „Ja, hier auf meinem Gelände steht in der Tat ein Fohlen, Herr Rosenthal! Das gehört einer jungen

Frau. Na, die ist vielleicht in ihrem Alter! Sie ist
Rettungssanitäterin, angehende Unfallärztin. Sie hat an der
Unfallstelle, an der ein LKW vor wenigen Wochen
verunglückt war, erste Hilfe geleistet und einem Fohlen das
Leben gerettet! Das Fohlen war in einem miserablen Zustand
und hatte sich ein Bein gebrochen. Sie pflegt es gesund!
Tagelang hat sie hier im Stall bei mir geschlafen und über das
Tier mit Argusaugen gewacht. Die beiden sind ein Herz und
eine Seele!" Herr Rosenthal lauschte den Ausführungen des
alten Mannes aufmerksam. „Ich habe sie angerufen, sie wird
gleich hier sein, mit dem Fohlen stimmt heute etwas nicht, es
ist die ganze Zeit schon so aufgeregt und nervös." „Darf ich es
mal ansehen?", fragte Herr Rosenthal freundlich. „Jo, kommen
Sie mal mit! Na mit Ihren feinen Schühchen werden Sie sich
aber ganz gut dreckig machen auf der Koppel da draussen,
junger Mann!" Herr Rosenthal lachte über die Bedenken des
Bauern. „Die kann man auch wieder saubermachen, kein
Problem!" Als Ralf Rosenthal das Fohlen auf der Weide sah,
stockte ihm kurz der Atem. Welch ein prachtvolles Tier war
aus dem kleinen Fohlen geworden! Das Fohlen war nun ein
halbes Jahr alt. Ja, es handelte sich tatsächlich um sein Pferd
„Blue Native Dream". Wirklich, es handelte sich eindeutig um
das Fohlen, das man ihm vor einigen Wochen auf der Koppel
in der Nacht und Nebelaktion gestohlen hatte. Das Fohlen, das
er ins Ausland verkaufen wollte, für viele tausende von Euros.
Das Fohlen, auf dem alle Hoffnungen lagen im Rennsport.
„Sie sagten, das Fohlen hatte ein Bein gebrochen?" „Ja, na der
Gips wurde erst vor kurzem abgenommen, junger Mann!"
Bauer Heinrich musterte Herrn Rosenthal von oben bis unten.
Er hoffte inständig, dass es sich bei Nebelmond nicht um das
vermisste Fohlen handelte. Ellen würde es das Herz brechen,

ihr geliebtes Tier hergeben zu müssen. In dem Augenblick, als der alte Mann an die junge hübsche Frau mit dem Herz am rechten Fleck dachte, fuhr Ellen aufgebracht am Hof vor. Immerhin hatte sie den Anruf von Heinrich erhalten, dass etwas mit ihrem geliebten Pferd nicht stimmen würde. Flüchtig nur begrüßte sie die beiden Herren. „Was ist mit ihr, Heinrich?", fragte sie besorgt. Ellen pfiff einmal kurz und die Stute hob wiehernd den Kopf. Nebelmond trabte wie immer freudig zu Ellen, um diese ausgiebig zu begrüßen. Heute jedoch galoppierte sie erhabener und anmutiger als sonst. Das Pferd entfaltete seine volle Kraft und zeigte seine edle Schönheit. Ihren Schweif trug Nebelmond hoch und ganz aufgeregt war sie, die zierliche Stute. Sie prustete wie ein Wal, der kurz aus dem Meer tauchte, um Luft durch sein „Blasloch" zu drücken. Nebelmond ließ sich von Ellen über ihren Kopf streicheln und rieb ihre Nase vertrauensvoll an Ellens Schulter. Welch eine Begrüßung zwischen Mensch und Tier. Ralf Rosenthal war zuiefst berührt! Solch ein inniger Moment zwischen Mensch und Tier! Dass die Beziehung der jungen Frau zu diesem Fohlen eine besondere war, dafür brauchte man keine Ahnung von Pferden zu haben, um das wahrzunehmen. „Heinrich", schau mal, da sind zwei Pferde von deiner Weide ausgebrochen und laufen beim Nachbarn herum!" Ellen hielt sich die Hand an ihre Stirn, um von der Sonne nicht geblendet zu werden. „Deshalb ist Nebelmond vielleicht so aufgeregt, sie wollte dir das zeigen!" Ellen lachte und gab ihrer Stute einen liebevollen Kuss auf die Stirn. „Du passt eben auf, dass hier niemand verlorengeht, nicht wahr?" Ralf Rosenthal räusperte sich und hielt Ellen die Hand hin. „Rosenthal!", sagte er. „Ellen!" lachte Ellen freundlich. Ihre fröhliche, ehrliche Art, wirkte immer ansteckend auf ihre

Mitmenschen, das war seit jeher so. Ralf Rosenthal spürte so
etwas wie einen kleinen Herzhopser in seiner Brust, als er
Ellens Hand nahm. Die junge Frau hatte ein wunderschönes,
hübsches Gesicht, stellte er fest. Blaue Augen, blonde Haare,
sie strahlte eine Natürlichkeit aus, die er von Frauen nur selten
kannte. In seinem Leben sah er oft Frauen in Stöckelschuhen,
mit großen Hüten auf ihren Köpfen, übermäßig viel Schminke
im Gesicht. Oh ja, an den Pferderennbahnen, dort sah er viele
von ihnen. Ellen fiel da total aus dem Rahmen, sie entsprach
so überhaupt nicht diesem Klischee. Sie trug lässig Blue-
Jeans, ein T-Shirt und Sneakers. Eine Frau zum Pferdestehlen.
Diese Frau war ihm gleich sympathisch. „Sie haben ein
wunderschönes Pferd“, sagte er anerkennend und seine Worte
waren ehrlich. „Danke“, antwortete Ellen. Sie war sich noch
nicht sicher, mit wem sie es eigentlich zu tun hatte. „Kennen
wir uns?“, fragte sie vorsichtig. Ihr Bauchgefühl signalisierte
ihr, dass der fremde Mann vielleicht etwas mit Nebelmond zu
tun haben könnte. Intuition eben. Auf diesen ihren Instinkt
konnte sie sich immer verlassen. Immer! „Nein, wir kennen
uns nicht! Aber vielleicht können wir das ändern und uns
einmal kennenlernen!“ „Oh, Sie sind aber direkt!“ Ellen strich
sich nervös die Haare zurück. „Entschuldigen Sie bitte, ja ich
bin manchmal sehr geradlinig, es liegt in meiner Natur, ich
bitte vielmals um Entschuldigung!“ Ralf Rosenthal nahm
Ellens Hand und gab ihr auf den Handrücken einen Kuss.
Ellen war verblüfft. Was für ein Kavalier stand denn da
plötzlich vor ihr? Nanu, das waren ja ganz neue Töne und
Verhaltensweisen eines Mannes, die ihr längst fremd waren.
Ihr wurde etwas warm ums Herz. Und auch ihres machte einen
kleinen Hüpfer. Bauer Heinrich spürte, seine Anwesenheit war
überflüssig und er schlich leise davon. Er wollte nicht

stören.Der alte Mann war sich sicher, Ralf Rosenthal würde das Richtige tun. Das war „seine Intuition". Und die war bereits 75 Jahre alt. Eine sehr zuverlässige und erprobte also! Er hatte nicht den Eindruck, als würde dieser Rosenthal der Ellen das Pferd wegnehmen wollen. „Ich war zufällig in der Gegend und wollte mir die Pferde anschauen!, log Ralf Rosenthal. „Bauer Hartmann und mein Vater waren gute Freunde!" Diese ganze Situation wurde für ihn äusserst kompliziert! Ellen war so ein freundliches Wesen. Niemals hätte er es übers Herz gebracht, ihr zu sagen, dass es sich bei Nebelmond um sein Pferd und somit um sein Eigentum handelte. Die Stute stand noch immer ganz dicht bei Ellen und graste friedlich neben ihr, während diese unaufhörlich ihren Hals streichelte. Ellens Anwesenheit beruhigte das Pferd. Bauer Heinrich rief währenddessen seinen Stallburschen herbei, der die beiden anderen Stuten einfangen sollte, die auf das Nachbargrundstück ausgebüchst waren. Ein Loch im Zaun war für den Ausbruch der Tiere verantwortlich. Pferde sind Herdentiere. Wenn einige der Mitglieder der Herde fehlen, jammern und rufen die anderen Tiere solange, bis ihre Freunde wieder bei ihnen sind. Nebelmond vermisste in der Tat die anderen Tiere und jammerte nach ihnen. Aber als Ellen schließlich bei ihr war, hatte die sensible Stute die anderen Pferde längst wieder vergessen. „Bauer Heinrich ist ein sehr netter Mensch, er hat viel Ahnung von Pferden! Er hat mir gesagt, dass es sich bei Nebelmond um ein englisches Vollblut handelt!" Ralf Rosenthal nickte aufmerksam. „Jaja, das ist in der Tat ein Englisches Vollblut!" „Ach, Sie bestätigen das auch, ja?" Kennen Sie sich gut aus mit Pferden, Herr Rosenthal? Ellen war erstaunt. „Wir züchten Englische Vollblüter! 100 km von hier, betreibe ich einen privaten

Rennstall! Vielleicht kommen Sie mich einmal besuchen?“ Ralf Rosenthal hoffte sehr, dass er schon bald Besuch von der tollen und charmanten Frau bekommen würde. Ellen nickte begeistert. „Ja, das würde ich sehr gern tun!“ Ralf Rosenthal zückte eine Visitenkarte und übergab sie Ellen. „Ich würde mich sehr über Ihren Besuch freuen! Sie kommen ganz bestimmt?“ Ellen reichte ihm die Hand. „Versprochen!“ Bauer Heinrich beobachtete aus der Entfernung alles ganz genau. Es machte ihm nicht den Anschein, als wollte Ralf Rosenthal das Fohlen gleich mitnehmen. Erleichtert atmete der alte Mann auf. Auch wenn es sich tatsächlich bei Nebelmond um das Fohlen, das seit mehreren Wochen gesucht wurde, handeln sollte, bedeutete das noch lange nicht, dass es auch das Beste für das Tier wäre, es seinem rechtmäßigen Besitzer wieder auszuhändigen. Das Fohlen fühlte sich wohl und die Freundschaft zwischen Ellen und Nebelmond war innig und tief. Es bestand keine Notwendigkeit, Nebelmond aus dieser Umgebung und aus Ellens liebvoller Betreuung zu entreißen. Scheinbar sah diesen Sachverhalt Herr Rosenthal ebenso……Wenige Stunden später rief Ralf Rosenthal bei Maik Schmitt an und teilte diesem mit, dass es sich bei Nebelmond nicht um das von ihm gesuchte Fohlen handelte. Diesen Umstand konnte Maik Schmitt wiederum überhaupt nicht nachvollziehen und bedauerte ihn sehr. „Wie jetzt, das ist nicht Ihr Pferd“, fragte er ungläubig. „Nein, wenn ich es Ihnen doch sage, es ist nicht mein Pferd!“ Verärgert war Ralf Rosenthal und er dachte bei sich, wenn dieser schmierige Kerl der Freund von der hübschen, sanften Ellen war, dann mal gute Nacht. Als Ellen abends nach Hause kam, bemerkte sie die schlechte Laune ihres Freundes Maik sofort. „Was ist los, Maik?“, fragte sie besorgt. „Ach nichts!“, antwortete dieser genervt. „Warst du wieder bei deinem blöden Gaul?" „Hey, das ist kein blöder Gaul, das ist ein ganz wunderbares Geschöpf! Dankbar, liebevoll und aufrichtig. Du bist doch nicht etwa eifersüchtig auf Nebelmond, oder?" „Ach! Lass mich einfach in Ruhe!" Maik knallte die Tür hinter sich zu und verließ wortlos die Wohnung. In den nächsten Tagen ertappte sich Ellen dabei, dass sie hin und wieder an Ralf Rosenthal denken musste. Seine dunklen Augen hatten Eindruck bei ihr hinterlassen. Seine Visitenkarte steckte noch immer in ihrer Hosentasche. Würde sie sich trauen, ihn anzurufen? Wollte sie ihn tatsächlich einmal besuchen? Ja! Sie wollte! Und sie rief ihn an. Dieser freute sich riesig und beide verabredeten sich auf einen Kaffee bei Ralf. Zuhause auf seiner Ranch „Ponderosa", wie er seinen Rennstall liebevoll nannte. Ellen staunte nicht schlecht, als Ralf ihr voller Stolz seinen Hof zeigte. 50 Pferdeboxen, ausreichend Platz, sauber und hell. In denen standen vorwiegend seine eigenen Pferde, aber auch Pferde von reichen Herrschaften, die ihre Tiere wegen des Trainings auf der Anlage gleich untergestellt hatten. Einige Trainer bewohnten ebenfalls den Hof der Rosenthals. Rings um die Anlage des Gestüts zog sich eine eigene Rennbahn, auf der die Pferde trainiert wurden. Hinter dieser lagen die weiten Koppeln, auf denen sich Stuten mit ihren Fohlen tummelten. Welch eine herrliche, romantische „Ranch", dachte Ellen. „Ich habe von Rennpferden überhaupt keine Ahnung!", gestand Ellen, dabei lächelte sie Ralf anerkennend zu. So viel hatte er ihr gezeigt und doch schien er kein wenig eingebildet oder gar versnobt über seinen Reichtum zu sein. Ellen hatte sich ein wenig verliebt in die freundliche und lockere Art des Mannes. „Dabei hast du eines der besten Rennpferde bei dir daheim!" Ralf dachte laut und seine Worte waren eigentlich kaum

hörbar, aber Ellen hatte einen Teil von ihnen vernommen.
„Wie meinst du das?", fragte sie. „Ach, ich habe nur laut
gedacht, komm wir gehen einen Kaffee trinken auf der
Veranda, es ist so wundervolles Wetter heute, Ellen! Beinahe
genauso wundervoll wie du!" Ellen wurde über das von Ralf
gemachte Kompliment ganz rot im Gesicht. Auf dem Weg zur
Veranda spazierten die beiden vorbei an der Stutenkoppel.
Eine pechschwarze, wunderschöne Stute stand direkt am Zaun.
Sie fiel Ellen sofort ins Auge. „Sie ist ja ganz phantastisch!",
schwärmte Ellen und blieb begeistert stehen. Ellen war
fasziniert von der Rappstute und streichelte über den Zaun
hinweg den Hals des Pferdes, das leise schnaubte. „Das ist
Bleeding Love!" Ralfs Stimme klang traurig. „Was ist mit
ihr?", fragte Ellen neugierig. Sie bemerkte, dass etwas nicht in
Ordnung war. „Sie hatte ein Fohlen, ein wunderschönes
Stutfohlen, aus einer sehr wertvollen Blutlinie. Es wurde uns
gestohlen!", sprach Ralf leise. „Was?" Ellen war entsetzt und
Tränen schossen in ihre Augen. Das passierte immer, wenn sie
von Ungerechtigkeiten im Leben erfuhr. Oft wurden dadurch
ihr Augen ganz glänzend und Tränen kamen zum Vorschein.
Eine lästige Angewohnheit und für eine angehende
Rettungsärztin eigentlich ein Ding der Unmöglichkeit.
„Entschuldigen Sie bitte!" Ellen wischte sich verlegen die
Tränen aus dem Gesicht. „Wer macht denn soetwas
Grauenvolles?" „Die Welt ist manchmal schlecht, leider! Aber
kommen Sie, wir wollen uns den Tag nicht verderben lassen,
er hat doch so gut begonnen!" Ralf umarmte Ellen liebevoll,
indem er seine Hände sanft um ihre Taille legte. Beide
schlenderten weiter zur Veranda. Nachdem Ellens Traurigkeit
sich ein wenig gelegt hatte, sprach man über das Leben der
Rennpferde, dem Alltag auf der Rennbahn und über

belanglose Dinge wie das Wetter und die Liebe. Wobei die Liebe natürlich niemals belanglos war… „Ich lebe alleine! Mich möchte anscheinend keine Frau für immer haben!", sinnierte Ralf„Das glaube ich Ihnen aber nicht!", entgegnete Ellen. „Doch, mit mir hält es niemand lange aus!" Ralf nahm einen Schluck aus seiner Kaffeetasse und sagte im selben Atemzug: „Hätten Sie Lust Ellen, mich einmal auf die Rennbahn zu begleiten, wenn wir ein Rennen haben? Ich würde Sie einladen und es wäre mir eine Ehre, wenn Sie mein Gast sein würden!" „Ich war im Leben noch nie auf einer Rennbahn! Ich weiß gar nicht, was ich dort anziehen und wie ich mich benehmen muss!" Ellen verschluckte sich beinahe an ihrem Kaffee. Aber ja, sie würde sehr gern mit Ralf Rosenthal ein Pferderennen besuchen. Ellen blickte Ralf tief in die Augen. „Ja Herr Rosenthal, es wäre mir ein Vergnügen!" Es war bereits spät am Abend, als Ellen sich von Ralf verabschiedete. Er drückte ihre Hand recht fest und gab ihr auf den Handrücken zum Abschied einen Kuss. Ellen schmolz dahin. Wie liebevoll dieser Mensch war! Dafür, dass beide Menschen einander völlig fremd waren, spürten sie eine sehr vertraute Nähe zueinander. So etwas wie Geborgenheit und ein wohliges Gefühl. Es war, als kannte man sich bereits seit mehreren Jahren. „Darf ich Sie vielleicht einmal anrufen, Ellen?" „Ja", darum bitte ich!" Ellen lächelte freudestrahlend und dann stieg sie in ihr Auto. Verträumt sah sie dem winkenden Mann aus dem Rückspiegel nach, als sie vom Hof der Rosenthals fuhr. Wie es schien, war Ellen tatsächlich ein wenig verliebt. In den nächsten Tagen ließen Ellen die Geschehnisse rund um die Bekanntschaft mit Ralf Rosenthal keine Ruhe. Es war ein spezielles Gefühl, das aus der Seele sprach. Irgendetwas stimmte sie an der Geschichte um diesen

Mann nachdenklich. Die nächsten Tage zuhause wurden für
Ellen sehr belastend. Nur noch Krach und Ärger mit Maik.
Der Kummer nagte an ihrer Seele. Maik wurde immer
unzufriedener und in seinem Verhalten Ellen gegenüber unfair
und verletzend. „Ich möchte die Trennung, Maik!", sprach
Ellen es dann schließlich aus. Sie war sicher, dass sie den
Mann nicht mehr liebte, mit dem sie einige Jahre ihres Lebens
verbracht hatte und dass es auch von seiner Seite aus keine
Liebe mehr sein konnte. Wäre es Liebe, würde Maik sie
niemals so widerlich behandeln. Es war an der Zeit, diese
Verbindung zu beenden und diese Beziehung aufzugeben.
„Das ist dann der Dank!" Maik schmiss jähzornig seine
Kaffeetasse an die Wand, als beide am Frühstückstisch saßen
und Ellen ihm die Wahrheit ins Gesicht sagte, dass sie die
Trennung wollte. „Dank wofür, Maik?" Ellen verstand Maiks
Worte nicht. „Na, dass ich mir einige Jahre für dich den Arsch
aufgerissen habe!" Ich habe gearbeitet und viel Geld verdient,
damit wir mal eine Familie gründen können und ich ihr etwas
bieten kann! Und du, du verbringst deine Freizeit im Reitstall
und pflegst ein krankes Fohlen zu Tode!" Ellen erhob sich
wortlos, nahm ihre Jacke, die über dem Stuhl hing und verließ
die Wohnung. Maik hatte sie wieder einmal mitten ins Herz
getroffen. Mit seinen harten Worten. Nebelmond ging Ellen
über alles, ihr Herz hing an dem Pferd. Wie konnte Maik nur
so gemein über ein Lebewesen sprechen? Wo er genau wusste,
wieviel ihr das Pferd doch bedeutete? Sie fuhr an dem Morgen
zum Stall. Vor Dienstbeginn blieben ihr noch 2 Stunden und
die Zeit wollte sie mit ihrem geliebten Pferd verbringen. Die
Sonne erhellte soeben den Horizont. Ein wunderschöner Tag
kündigte sich an, als sie mit dem Auto hinaus auf die
Landstraße fuhr. Der Nebel lichtete sich. Ellen spürte

Sehnsucht in ihrem Herzen. Sie wusste nicht einmal genau, wonach sich ihr Herz genau sehnte, aber der Ruf war eindeutig. Vielleicht war es der Wunsch nach Freiheit, der tief aus ihrer Seele sprach. Freiheit, sich von einem Menschen zu befreien, der ihr nicht mehr gut tat. „Guten Morgen Heinrich!" Bedrückt stieg Ellen aus ihrem Auto und Heinrich nahm sie gleich freudestrahlend in Empfang. „So früh schon unterwegs, Frau Doktor?" Ellen lächelte mühsam. „Wo brennts denn? Ärger?" Ellen überlegte kurz, woher Heinrich immer alles so genau wusste. Konnte der alte Kauz eigentlich Gedanken lesen? War er Hellseher? „Frau Doktor noch nicht ganz, Heinrich!" Ellen hatte den alten Mann in ihr Herz geschlossen. Er gehörte zu ihrem Leben mittlerweile genauso dazu, wie dieses verrückte Fohlen, Nebelmond. Während sie auf ihren Freund Maik gut verzichten konnte. „Mädchen, du hast doch Kummer, das sehe ich dir an! Komm, bevor du zu deinem Pferd gehst, trinken wir beide erst mal einen Kaffee zusammen!" Da half keine Widerrede. Wenn Bauer Heinrich sagte, man ginge Kaffeetrinken, dann ging man Kaffeetrinken. Ellen hätte dem alten Mann diesen Wunsch auch nicht abschlagen können. Der Bauer setzte den Kaffee auf und Ellen nahm an dem großen Küchentisch Platz. Die Küche war freundlich eingerichtet. Helle Eichenmöbel, typisch urig und bäuerlich. Aber alles ordentlich, sauber und gepflegt. Bestimmt hatte Heinrich eine Putzfrau oder Haushaltshilfe, überlegte Ellen. „Was wollte denn der Herr Rosenthal von dir, Mädchen? Will er dich heiraten?" Ellen lachte über den komischen Humor von Heinrich und winkte bescheiden ab. „Nein, heiraten nicht, aber er ist sehr charmant, ein Kavalier!" „Jaaaaaaaha, das war sein Vater auch! Ein Frauenheld war das, glaub mal! Der hat sich alles genommen, was nicht bei drei auf dem Baum saß!" Ellen grinste. Bauer Heinrich war scheinbar ziemlich durchtrieben. Gut, er war schließlich auch mal jung gewesen. Aufmerksam betrachtete Ellen die Bilder an der Wand. Auf ihnen waren verschiedenste Pferde auf Springturnieren und auf Rennbahnen zu sehen. Einige der anderen Aufnahmen zeigten auch eine wunderschöne Frau, die neben einem prachtvollen Schimmel stand. „Das ist meine Frau!" Heinrich hatte Ellen beobachtet und genau bemerkt, wie ihr Blick an dem Bild seiner Frau hängengeblieben war. Er nahm es von der Wand und setzte sich seufzend auf den Stuhl neben Ellen. „Das ist Maria!" Er reichte Ellen das Bild. „Das war Ihre Frau?" Heinrich nickte. „Ja! Sie ging leider viel zu früh von mir! Vor drei Jahren, den Krebs konnte sie nicht besiegen. Dabei hatte sie so viele Siege eingefahren, sie war eine begeisterte Springreiterin und sie ritt mit über 60 Jahren noch regional einige Turniere. Dann wurde sie krank und es ging ziemlich schnell steil bergab mit ihr." „Das tut mir leid!", sagte Ellen traurig. „Ja, Mädel, so ist das Leben! Es kann schnell vorbei sein und man sollte an jedem Tag das Beste aus den Stunden machen, die einem geschenkt werden!" „Ja! Deshalb muss ich mich auch unbedingt von Maik trennen! Er tut mir nicht mehr gut. Vielmehr, wir tun uns nicht mehr gut!" „Maik ist dein Freund?" Bauer Heinrich kippte sich den kompletten Kaffeeinhalt seiner Tasse beinahe mit einem einzigen, großen Schluck hinunter. „Ja, wir haben nur noch Streit und Ärger! Er ist sogar eifersüchtig auf Nebelmond und kann nicht verstehen, dass mein Herz an dem Tier hängt. Das heißt doch nicht, dass ich ihn nicht liebe, nur weil ich ein Pferd gern habe! Das ist doch eine ganz andere Liebe, aber das versteht er nicht!" „Männer denken eben anders, Ellen!" Heinrich lachte. „Du bräuchtest einen Pferdefreund Ellen,

einen Mann, dessen Herz ebenfalls für diese Tiere schlägt,
sonst wird es wahrscheinlich immer Reibereien geben! Ich
meine, Streit gibt es in jeder Beziehung. Oh ja, Maria und ich,
wir haben auch gestritten, glaub mal nicht, dass es zwischen
uns immer funktionierte, aber wir teilten beide die Liebe zu
den Pferden!" „Naja, ehrlich gesagt, ist Nebelmond ja nicht
mal mein Pferd. Natürlich denke ich oft darüber nach, dass sie
mir ja eigentlich nicht mal gehört, diese kleine Stute
Nebelmond. Dieser Gedanke quält mich,seitdem ich sie aus
dem Schlachttransporter gerettet habe! Aber Heinrich, was
genau hat es mit dem Fohlen auf sich? Sie sagten, es handele
sich um ein Englisches Vollblut, ein Rennpferd! Woher sind
Sie sich so sicher?" Ellen hatte abrupt das Thema gewechselt.
Heinrich nickte. „Stimmt, lass uns lieber über die Pferde
reden, anstatt über die Liebe! Maria sagte auch immer,
Heinrich, bleib bei den Pferden, von Liebe hast du keine
Ahnung!" Schelmisch zwinkerte er mit den Augen.
„Entschuldigen Sie bitte, aber mit meinen
Beziehungsproblemen zwischen Maik und mir möchte ich Sie
nicht belästigen", warf Ellen kurz ein. „Mädel, ich habe
jahrelang mit Rennpferden gearbeitet, das sieht ein Blinder,
dass deine Stute ein Blüter ist!" „Wenn sie fit ist die Stute,
Heinrich, könnte sie trainiert werden und ein Rennen laufen?"
Heinrich legte plötzlich einen äußerst interessierten
Gesichtsausdruck auf. „Nebelmond in einem Rennen? Auf der
Rennbahn? Mädchen, ich sage dir jetzt mal was!" Heinrich
holte tief Luft und sein dicker Bauch streifte bedrohlich an die
Tischkante. „Jedes Vollblut kann ein Rennen laufen! Wenn es
trainiert ist, eine Lizenz hat, die Papiere vorliegen und ein
vernünftiger Jockey obendrauf sitzt!" Ellen lachte herzhaft.
Heinrich war zu komisch. Tränen stiegen Ellen in die Augen.

Dieses Mal waren es allerdings „Lachtränen". Und ihr Lachen war ansteckend. Heinrich lachte mit. „Er ist verrückt mein Gedanke, ich weiß!" Ellen seufzte. „Das war jahrelang ein Traum von mir. Als kleines Mädchen träumte ich bereits davon, einmal ein Rennen zu reiten. Auf einem schwarzen Rennpferd! Als Kind sah ich diesen Film mit dem schwarzen Hengst, der auf dem Schiff wegen eines Unwetters von Bord sprang und den kleinen Jungen vor dem Ertrinken rettete. Die beiden waren auf einer Insel gestrandet und als man sie fand, nahm der Junge das Pferd mit nach Hause. Er wurde von einem alten Pferdetrainer trainiert und letzendlich ritt der Junge ein Rennen mit seinem schwarzen Hengst. Ich liebte als Kind diesen Film. Leider war ich zu großgewachsen und viel zu schwer, um selbst Jockey zu werden." „Träume nicht dein Leben, lebe deinen Traum!" Heinrich wurde ernst. „Hey, du sitzt an der richtigen Quelle beim Rosenthal! Wenn du aus Nebelmond ein Rennpferd machen möchtest, frag ihn! Ich kenne niemanden, der sich besser auskennt mit Rennpferden, als er und sein Vater. Gut, sein Vater ist bereits tot, aber Ralf hat diese Begabung mit in die Wiege gelegt bekommen!" „Ich habe eine Stute dort gesehen, ihr Name ist Bleeding Love!" Ellen stockte in ihrer Erzählung. Als sie an das Pferd dachte, wurde ihr ganz warm ums Herz. Sie hatte niemals zuvor ein Pferd von solch edler Schönheit gesehen. „Bleeding Love" und das verlorene Fohlen", fragte Heinrich nachdenklich und und behutsam erkundigte er sich weiter. „Was ist mit ihrem Fohlen, Ellen?" Ellen war plötzlich hellwach. „Das wurde in einer Nacht-und-Nebel-Aktion auf der Weide bei den Rosenthals gestohlen und es verschwand auf Nimmerwiedersehen." „Ja, davon erzählte mir Herr Rosenthal!", gestand Heinrich. „ Könnte Nebelmond Bleeding

Loves Tochter sein, Heinrich?" Ellen formulierte schließlich aus, was sie eigentlich nicht hatte aussprechen wollen. Aber der Gedanke ließ sie bereits seit den letzten Tagen, nachdem sie Bleeding Love gesehen hatte, nicht mehr los. „Was würdest du tun, wenn es so wäre? Würde das was ändern für dich?" Heinrich schüttete sich einen weiteren Kaffee nach. Er spürte, das Gespräch war noch nicht zu Ende und es wurde zusehends interessanter, denn mit der Frage nach der Herkunft des Fohlens, hatte auch er sich bereits beschäftigt. Die Aufrufe im Fernsehen um das Verschwinden des Fohlens hatte er im Gegensatz zu Ellen genau verfolgt. „Wenn es so ist, dann muss ich es Herrn Rosenthal wiedergeben, dann ist es sein Eigentum!" „Nein Ellen! So einfach ist es nicht! Du musst gar nichts! Herr Rosenthal müsste erst einmal beweisen, dass es sein Pferd ist! Und ich glaube nicht, dass die Stute schon gechipt worden ist und ein Brandzeichen hat sie auch nicht. Ich habe keines gesehen!" „Sie wäre für ihn sowieso nutzlos, ein Fohlen, das ein Bein gebrochen hatte, kann keine Rennen mehr laufen!", überlegte Ellen. „Das würde ich mal nicht sagen!", erwiderte Heinrich. „Ich gehe mit Nebelmond ein Stück spazieren, der Morgen ist so wundervoll und dann muss ich zum Dienst, Heinrich!" Ellen stand auf. Die Zeit drängte. Nebelmond war ein folgsames Pferd. Die Stute folgte Ellen auf Schritt und Tritt. Wenn Ellen mit der Stute durch den Wald spazierte, der rund um Heinrichs Hof lag, brauchte Ellen eigentlich gar keinen Führstrick. Nebelmond war auf Ellen fixiert. Sie war begeistert, wie nervenstark die Stute war, das Pferd erschreckte sich vor nichts. Nebelmonds Ausgeglichenheit war bewundernswert. Gewachsen war die Stute ein wenig. Hinten noch überbaut, ihr Hinterteil war höher als der Widerrist, aber das würde sich im Laufe der Zeit verwachsen. Kräfig bemuskelt war sie, die Stute. Das kam wahrscheinlich von der hügeligen Koppel, auf der Nebelmond mit den Pferden von Heinrich ihre „Kindheit" verbrachte. Von dem schrecklichen Unfall merkte man der Stute nicht mehr viel an. Ellen hatte nicht den Eindruck, dass die Stute Schmerzen in ihrem Hinterbein hätte. Alles schien sich tatsächlich zu verwachsen. Wer nicht wusste, welch schrecklicher Unfall hinter dem Pferd lag, würde nichts bemerken. Die Liebe von Ellen hatte bewirkt, dass sich selbst das Trauma, das die Stute erlitten hatte, langsam aber sicher davonschlich. „Ich habe dich sehr lieb!" Ellen gab ihrer Stute einen liebevollen Kuss auf die Stirn, als sie sich von ihrem Pferd verabschiedete, weil sie zum Dienst musste…Als Ellen des Abends vom Dienstschluss nach Hause fuhr, nahm sie sich fest vor, Maik vor die Tür zu setzen. Sie musste endlich einen Schlussstrich ziehen unter diese elendige, lieblose und bereits sinnlose Beziehung. Sollte er nicht gehen, würde sie eben ihre Sachen packen. Ellen machte Nägel mit Köpfen. „Maik, ich möchte die Trennung! Ich möchte, dass du deine Sachen packst und gehst!" „Ja, wo soll ich denn bitteschön hin?", stänkerte Maik aufgebracht. Sichtlich geschockt stand er im Vorraum. Ellen war kaum zur Tür hereingekommen und gleich wurde er mit den Worten, dass er ausziehen sollte, begrüßt. Er hatte wirklich so langsam die Nase voll von den Weibern. Nie konnte man ihnen was recht machen, immer hatten sie rumzunörgeln und waren unzufrieden. „Du könntest zu deiner Mutter ziehen, bis du eine Wohnung gefunden hast!", diesen Vorschlag rang sich Ellen noch ab und verzog sich dann ins Gästezimmer. Beide sprachen diesen Abend kein Wort mehr miteinander. Am nächsten Morgen fuhr Ellen frühzeitig zum Stall. Wie immer wollte sie vor Dienstbeginn mit Nebelmond eine Runde spazieren gehen. Dabei konnte sie herrlich abschalten und vergessen, den Sonnenaufgang beobachten und sich frei fühlen. Wenn Nebelmond eines Tages erwachsen wäre, dann könnte sie endlich in den Sonnenaufgang mit der Stute hineinreiten. Welch herrlicher Gedanke! Nebelmond stand auf der Stallgasse und Ellen bürstete ihr seidiges Fell. Das war ein Ritual, das vor jedem Spaziergang anstand und Nebelmond genoss die Zuneigung sehr. Anbinden brauchte Ellen das Pferd nicht. Nebelmond stand wie angewurzelt und bewegte sich nicht. Man hätte sagen können, sie gehorchte aufs Wort, wie ein Hund! „Ellen! Ich will mit dir reden!" Eine aufgebrachte Männerstimme durchbrach die Idylle an dem Morgen. Maik war Ellen nachgefahren und er wollte versuchen, diese für ihn verzwickte Siutation zu retten. Die Vorstellung, bei seiner Mutter einzuziehen, gefiel ihm gar nicht. Ellen schreckte zusammen, als sie Maiks Stimme hörte und sogar Nebelmond zuckte leicht. Maik stellte sich entrüstet vor Ellen und das Pferd. Einen kleinen Sicherheitsabstand hielt er zu beiden. Pferde waren ihm nicht geheuer. „Was willst du denn noch Maik?", fragte Ellen. „Mit dir reden! Das kann doch wohl nicht sein, dass das jetzt so mit uns endet, nur wegen diesem doofen Gaul da!", schrie Maik aufgebracht. Ellen kochte innerlich. Nebelmond war kein dummer Gaul und mit diesen Worten entschärfte Maik die Situation nicht gerade. Ellen hatte kein Verständnis, dass Maik nicht bemerkte, wie sehr er sich immer tiefer in die Scheisse ritt. „Hätte Herr Rosenthal den blöden Gaul doch einfach mitgenommen", fauchte Maik aufgebracht. „Dann wäre unsere Beziehung jetzt wenigstens nicht kaputt!" „Was hast du mit Ralf Rosenthal zu tun?" Ellen war entsetzt, als der Name Rosenthal fiel. Sie verstand mittlerweile gar nichts mehr, aber langsam dämmerte es ihr, worauf Maik hinauswollte. „Ich rief ihn an, er sollte sein Pferd abholen, das ist doch seins und nicht deins!“ „Du hast was?“, fragte Ellen entsetzt. Jetzt verstand sie so einiges. „Verschwinde, Maik! Ich will dich nicht mehr sehen! Hau ab!“ Tränen schossen Ellen ins Gesicht. Vor Wut und Enttäuschung. Plötzlich trat Maik drohend auf Ellen zu und wollte sie am Arm greifen, um sie zur Besinnung zu bringen. „Jetzt hörst du mir mal zu!“, zischte er in einer Tonlage, die einen besonders scharfen Unterton hatte. Ellen trat vorsichtig einen Schritt zurück. Sie spürte, Maik war so aufgebracht, dass sie nicht sicher sein konnte, ob er nicht gleich handgreiflich werden würde. Ihr wurde bewusst, Maik war krank, er tickte nicht mehr richtig. Ein Mensch, der eifersüchtig auf ein Tier reagierte, der war mit sich selbst nicht im Reinen. In dem Moment, als Maik Ellens Arm greifen wollte, trat Nebelmond auf den Mann zu. Mit angelegten Ohren drohte das Pferd Ellens Peiniger und stellte sich beschützend vor die junge Frau. Die Stute schnappte ein paar Mal in Richtung von Maiks Armen und schließlich stieg sie kerzengerade vor ihm in die Höhe. Maik hatte Mühe und Not, den ausschlagenden Vorderhufen des Pferdes zu entkommen. Beinahe wäre er getroffen worden. Entsetzt machte er auf dem Absatz kehrt und lief fassungslos aus dem Stall. „Was war denn los, was ist denn passiert?“ Bauer Heinrich lief besorgt in den Stall zu Ellen, aufmerksam geworden durch ihr bittes Weinen und wimmerndes Schluchzen. Er war vom Einkaufen zurückgekommen. Immer in der Früh fuhr er zum Bäcker um frische Semmeln zu besorgen und er fand Ellen weinend in seinem Stall vor. Die Pferde hatte er füttern wollen. „Maik!“, stammelte Ellen aufgebracht. Heinrich nahm Ellens Arm, die an der Stallwand in sich zusammengesackt saß und ihren Kopf mit ihren Händen bedeckt hatte, und zog sie hoch. „Mädchen, komm erst mal mit, du bist ja völlig aufgelöst!" Heinrich bugsierte Ellen in seine Küche und hörte sich die Geschichte, die sie ihm unter Tränen erzählte, aufmerksam an. „Wenn Maik heute nicht bei dir auszieht, dann bleibst du solange, bis er weg ist, hier bei mir! Ich habe ein Gästezimmer, das ist kein Problem!" Ellen nahm das Angebot dankend an. Sie wollte nicht eher zurück nach Hause, bis Maik endlich aus ihrem Leben verschwunden war. Gewiss dauerte es einige Tage, bis Maik seine Sachen aus der gemeinsamen Wohnung geräumt hatte. Am Nachmittag stritten Ellen und Maik nochmals am Handy, Ellen drohte Maik mit dem Rechtsanwalt, würde er die Wohnung nicht schleunigst verlassen. Resigniert versprach er, auszuziehen. Kaum war dieses leidige Gespräch beendet, klingelte Ellens Handy erneut und Ralf Rosenthal war am anderen Ende der Leitung. Er fragte, ob er Ellen zum Essen einladen durfte. Nicht nur, dass Ellen absolut nicht in der Lage war, auszugehen, glaubte sie mittlerweile auch, dass Ralf Rosenthal sich nur um sie bemühte, weil er über sie an das Pferd gelangen wollte. Seine Liebesbemühungen empfand Ellen mittlerweile als nichts anderes, als aufgesetzte Heuchelei. „Sie brauchen sich gar nicht weiter bemühen, Herr Rosenthal! Und wenn Sie mein Pferd haben möchten, dann beweisen Sie bitte erst einmal, dass es überhaupt Ihr Pferd ist!", sprach Ellen ziemlich deutlich in ihr Handy und legte schließlich ohne eine weitere Antwort von Ralf Rosenthal abzuwarten, auf.

Die Tage zogen ins Land…

Maik hatte sich tatsächlich an die Abmachung gehalten und seine Sachen aus der gemeinsamen Wohnung geräumt. Er war zähneknirschend zu seiner Mutter gezogen und gab sich geschlagen. Ellen konnte in ihre Wohnung zurückkehren und sie brauchte einige Tage, um wieder durchatmen zu können, nach all den Erlebnissen, die hinter ihr lagen. Irgendwann hatte die junge Frau allerdings der Alltag eingeholt und sie dadurch ihren Rhythmus und ihre Gelassenheit wiedergefunden. Ihre Arbeit und ihr Pferd nahmen Ellens volle Aufmerksamkeit in Anspruch. Im Moment spürte Ellen kein weiteres Verlangen nach anderen Aktivitäten. Geschweige denn, einen Gedanken an die Liebe zu vergeuden. Männer waren doch alle gleich. Hinterhältig und nur auf ihre Vorteile aus. Dazu eifersüchtig und ungerecht. Unfair und niederträchtig. Auf solche miesen Spielchen wollte Ellen in Zukunft verzichten. Ihren nächsten Auserwählten, den würde sie sich aber ganz genau ansehen und ihn auf Herz und Nieren prüfen, bevor dieser einen Platz in ihrem Leben finden würde. So schnell zog kein Mann mehr in Ellens Herz ein. Eines Tages, es war gegen Abend, klingelte es unverhofft an Ellens Tür. „Nanu?" Wer mochte das sein. Als sie einen vorsichtigen Blick durch ihren Türspion warf, erblickte sie hinter der Tür Ralf Rosenthal. Ellen erschrak. Was wollte ausgerechnet der jetzt von ihr? Bestimmt ging es um Nebelmond. Natürlich hatte auch Ellen sich mit dem Gedanken beschäftigt, wie es weitergehen sollte. Wenn Ralf Rosenthal Druck machen würde, weil er sein Eigentum forderte. Was sollte sie tun? Eines war klar, niemals würde sie sich kampflos von ihrem Pferd trennen. Egal was es kosten sollte. Die Geschichte, wie sie und Nebelmond zusammengefunden hatten, war viel zu wertvoll und unglaublich, als sie aufzugeben. Das Schicksal

hatte entschieden, dass sie beide zusammengehörten. Wäre
Ellen nicht gewesen, wäre Nebelmond tot. Als ob Ellen nicht
bereits genug Ärger mit Maik hinter sich hatte, musste jetzt
ausgerechnet Ralf Rosenthal bei ihr auftauchen. Ellen
schluckte nervös und überlegte, warum das Schicksal
eigentlich immer für sie solche Prüfungen vorgesehen hatte.
„Ich gebe mein Pferd nicht her! Verschwinden Sie", rief Ellen
durch die geschlossene Tür. Sie wusste sich nicht anders zu
helfen. „Ich bin nicht wegen des Pferdes gekommen, sondern
wegen Ihnen!" Die Worte jenseits der Tür klangen ehrlich.
Trotzdem wollte Ellen nicht auf sie reinfallen. Männer
konnten sich verdammt gut verstellen, um ihre Ziele zu
erreichen, das hatte sie bereits gelernt. „Bitte", flehte Ralf
Rosenthal leise. „Lassen Sie mich bitte erklären!" Ellen lugte
noch einmal vorsichtig durch den Türspion und anstatt in das
Gesicht von Ralf Rosenthal, blickte sie plötzlich in einen
wunderschönen Strauß roter Rosen. „Scheisse", dachte Ellen.
Welche Frau konnte bei Rosen schon „Nein" sagen? Ellen
drehte den Schlüssel um und öffnete widerwillig die Tür. Ralf
streckte Ellen den Strauß Rosen entgegen und setzte einen
unschuldigen Dackelblick auf. Reumütig blickte er Ellen an.
Die wunderschönen Blumen, die Ralf in seinen Händen hielt,
waren für sie unwiderstehlich. „Okay, kommen Sie rein!"
Ellen gab nach. „Ich wollte mich nicht aufdrängen bei Ihnen
Ellen, aber ich kann Sie nicht vergessen, es tut mir leid!" Ellen
nahm Ralf den Strauß ab. „Die Rosen sind ja wunderschön!",
staunte sie und ihre Laune besserte sich beim Anblick der
Blumen ein wenig. Maik hatte ihr niemals solch einen
wundervollen Blumenstrauß geschenkt. Nicht in all den vielen
Jahren. Sie stellte die Blumen in eine handbemalte Vase auf
ihren Küchentisch. „Warum sind Sie wirklich hier, Herr

Rosenthal?" Ellen kam zur Sache, sie hatte es satt, dieses ständige Reden um den heißen Brei. Sie wollte sich kein großes Geschwafel mehr anhören. „Weil ich mich in Sie verliebt habe", gestand dieser. Als Ellen ihn ansah, stand Ralf vor ihr wie ein kleiner, verlegener Schuljunge. Er wurde ein wenig rot im Gesicht. „Manchmal geht das Schicksal eben komische Wege, Ellen! Ist Ihnen das noch nie passiert? Ich meine, dass wir uns treffen sollten, das war doch kein Zufall, oder?" „Ist Nebelmond Ihr Pferd?", fragte Ellen. „Nein!" antworte Ralf. „Sie bestreiten, dass Nebelmond die Tochter Ihrer Stute „Bleeding Love" ist?" „Nein!" „Nein?" Ellen verstand nicht, sie schüttelte ungläubig den Kopf. „Nebelmond ist die Tochter meiner Stute Bleeding Love, ja, aber das Fohlen ist nicht mein Pferd, es ist Ihres, Ellen!" Sprachlos war sie. Fassungslos war sie. All die Last fiel ihr in diesem Augenblick von den Schultern. Tränen liefen Ellen über die Wangen. Und sie konnte nicht mehr an sich halten. Der Schmerz, ihr Kummer und das Leid, das sie gesehen hatte in den letzten Wochen. Dies alles brach aus ihr heraus. Niemand hätte ihr das verdenken können. Die sterbenden Pferde auf dem LKW, die Entscheidung Nebelmond mitzunehmen oder sie zu erschiessen, der Ärger mit Maik. Niemand hatte Ellen in den letzten Wochen in den Arm genommen. Alles hatte die junge Frau mit sich alleine ausmachen und über sich ergehen lassen müssen. Sich tapfer ihrem Schicksal entgegengestellt und Entscheidungen getroffen. Ellen weinte bitterlich. Ralf zögerte, aber dann tat er das einzig Richtige. Er nahm Ellen liebevoll in seine Arme und drückte sie fest an sich. Das war das erste Mal nach einer langen Zeit, dass Ellen sich geborgen fühlte und dieses Gefühl von „Nähe" war echt. Ralf Rosenthal meinte es ehrlich mit ihr, das fühlte Ellen in ihrem Herzen.

Beide verharrten wortlos einige Minuten Arm in Arm und
Ellen weinte sich ihren Schmerz aus der Seele und es tat ihr so
verdammt gut…

Zwei Jahre später…

Eine wunderschöne Hochzeit. Zwei prachtvolle Schimmel
zogen die Kutsche des Brautpaares. Sogar Bauer Heinrich
hatte in der Kirche ein paar Tränen vergossen, als sich Ellen
und Ralf das Jawort gaben und der Alte war weiß Gott nicht
nahe an Wasser gebaut. Ellens bester Freund Steve, mit dem
sie damals das Fohlen gerettet hatte, war Trauzeuge der
Beiden. Er freute sich für Ellen aus ganzem Herzen. Als
Überraschung hatte Steve in Absprache mit Ralf organisiert,
dass Nebelmond draussen vor der Kirche wartete. Während
Ellen und Ralf unter dem Reis-und Blumeregen die Treppen
hinuntergingen, um die prachtvolle Kutsche zu erreichen,
sollte Ellen ihr geliebtes Pferd entdecken. Nebelmond wurde
von einem jungen Mädchen am Strick gehalten und ihre
Mähne war feierlich eingeflochten. Etwas aufgeregt war die
junge Stute. Die Musik, die vielen Menschen, alles war ihr
fremd, aber sie blieb brav. Das Pferd spürte, das heute ein
ganz besonderer Tag war. Als Ellen ihr Pferd sah, kullterten
Tränen der Rührung über ihr Gesicht. „Ohne das Pferd hätten
wir niemals zueinander gefunden, Ellen! Nebelmond musste
heute einfach hier sein, sie ist ein Teil unseres Lebens, ich
hoffe, wir haben dir eine Freude gemacht!“ Ralf nahm Ellens
Hand und küsste seineBraut. „Du machst mich so glücklich“,
sagte Ellen weinend.

„Ich möchte, dass sie trainiert wird, Ralf!“ Eines Tages traf
Ellen die Entscheidung, Nebelmond, in deren Adern das

weltbeste Rennpferdeblut floss, ausbilden zu lassen. „Sie soll wirklich ein Rennen laufen?“ Ralf wurde nachdenklich. „Das entscheide ich, wenn sie trainiert ist, Ralf! Sie wird mir sagen, ob sie das möchte oder nicht, wenn es soweit ist. Das hängt von ihr ab!“ Ralf liebte Ellen über alles und er hätte ihr jeden Wunsch erfüllt. Egal wie verrückt der Wunsch sein mochte und egal, wie viel Geld er kosten würde. Dabei war Ellen mit Geld kaum zu beeindrucken, Reichtum bedeutete ihr nicht viel, und das war wahrscheinlich einer der Gründe, warum Ralf Ellen so sehr liebte…! Nebelmond machte sich erstaunlich gut unter dem Sattel, als man die Stute einritt. Die Stute arbeitete konzentriert und ihr Galopp war schnell. Verdammt schnell. Je weiter das Training voranschritt, desto öfter wurde Nebelmond nach und nach an die schnellsten Pferde im Stall herangeführt. Gegen diese sollte sie auf der hauseigenen Sandbahn antreten. Nebelmond ließ die anderen Rennpferde sprichwörtlich im Regen stehen und galoppierte ihnen auf und davon. Der Trainer war begeistert. „Ein solch schnelles Pferd habe ich selten gesehen!“, lobte er die Stute. Ellen beobachtete das Training. Nicht eine Trainingseinheit hätte es gegeben, bei der Ellen nicht dabei gewesen wäre. Sie war von der Schnelligkeit ihres Pferdes ebenfalls fasziniert. „Dieses Pferd ist unheimlich schnell und es läuft gern“, meinte der Trainer anerkennend, als er wieder einmal die Zeit gestoppt hatte, in der Nebelmond um die Bahn flog. „Sie hat beinahe einen neuen Bahnrekord aufgestellt! Wenn sie ein Rennen laufen soll, dann sollten wir sie einmal zu einem Rennen für zweijährige Stuten anmelden!“ „Glaubst du, sie will das, Ellen? Glaubst du, Nebelmond ist bereit, das zu tun?“, fragte Ralf. „Ich hätte niemals gedacht, dass sie so viel Spaß am Laufen hat! Aber es gibt ein Problem, Ralf.“ Ellen machte ein besorgtes Gesicht. „Okay und das wäre?“ „Sie wird nur ein einziges Rennen laufen!“ „Ein Rennen?“ Ralf verstand nicht recht, was Ellen ihm sagen wollte. Rennpferden blieben nur 1 bis 2 Jahre ihres Lebens auf der Bahn, dann war die Saison vorüber und Nebelmond war bereits 2 Jahre alt, für ein erstes Rennen war es beinahe zu spät, aber niemals hätte Ellen es geduldet, dass man Nebelmond im Alter von nur 1 oder 1,5 Jahren angeritten hätte. „Ich möchte, dass sie nur ein Rennen läuft! Ich möchte einmal nur sehen, wie mein eigenes, schwarzes Pferd über die Rennbahn fliegt, auch wenn ich wahrscheinlich einen Herzschlag erleide, wenn ich mir das Rennen live ansehe!“ Ralf lachte. „Die haben dort gute Sanitäter!“, scherzte er und zwinkerte Ellen schelmisch zu. „Und ich passe ja auch auf dich auf!“ „Nebelmond hatte einen Beinbruch, sie war traumatisiert, ich möchte nichts riskieren! Wir versuchen das einmal, und egal wie es ausgeht, es wird nur dieses eine Mal geben! Egal ob sie gewinnt und somit herausgefordert wird für ein nächstes Rennen, oder sie verliert und sich somit in einem neuen Rennen beweisen müsste, um zuchttauglich zu sein, es gibt nur dieses eine Rennen! Ich will, dass sie nur ein Mal läuft!“ Ralf nahm Ellen an die Hand und gab ihr einen Kuss. „Dein Wunsch ist mir Befehl und es ist dein Pferd, du entscheidest und das tust du solange, bis die Stute irgendwann über die Regenbogenbrücke geht und das wird noch viele Jahre dauern!“ Nebelmond wurde zu einem Rennen für zweijährige Stuten angemeldet. Ellen gab dem Jockey ausdrücklich die Anweisung, dass er Nebelmond ohne Gerte reiten sollte. Dieser staunte nicht schlecht, das hatte ihm noch kein Besitzer befohlen, dass er ein Rennen ohne Gerte bestreiten möge. „Möchten Sie nicht gewinnen, Madame?“, fragte er fassungslos. „Wenn mein Pferd gewinnen möchte, dann wird es das auch ohne Gerte tun!", klärte Ellen den Jockey auf. „Und wenn nicht?", hakte der Jockey zögerlich nach. „Wie soll ich es dann animieren? Ich bin noch kein Rennen in meiner Karriere ohne Gerte geritten!" „Irgendwann ist immer das erste Mal im Leben!" Ellen zeigte kein Verständnis und blieb hart, diese Form von Animieren eines Tieres gefiel ihr einfach nicht. „Wenn die Startbox aufgeht und sie mit meinem Pferd da rausstürmen, Wladimir, dann wünschen Sie sich einfach, dass sie gewinnen und bitten Sie Nebelmond darum, es für Sie zu tun!" Am Tag des Rennens, als die Pferde verladen wurden, stand der LKW bereit, auf dem die Pferde zur Rennbahn transportiert wurden. Nebelmond sollte als letztes Pferd verladen werden. Der Pfleger des Pferdes wollte die Stute hinaufführen. Als Nebelmond die Rampe des LKWs sah, stemmte sie mit all ihrer Kraft, die in ihr steckte, die Vorderbeine in den Boden. Erinnerungen wurden wach in ihr. Keine schönen Erinnerungen. Sie weigerte sich, den LKW zu betreten. In ihren Augen waren Panik und Angst zu lesen. Nervös wieherte sie und versuchte sich loszureißen. Ellen hatte das Wiehern ihres Pferdes im Wohnhaus vernommen und lief aufgeregt auf den Hof. Was genau vor sich ging, konnte sie nur erahnen, aber das Wiehern ihres Pferdes erkannte sie aus 1000 verschiedenen Pferden heraus. „Gib der Stute mal einen mit der Gerte", rief der Fahrer, als er sah, wie der Pfleger mit dem Pferd zu kämpfen hatte und es nicht die Rampe hinaufgehen wollte. Ein anderer Pfleger näherte sich mit einer Gerte von hinten und in dem Moment als er zum Schlag ausholen wollte, hatte Ellen die Menschenmenge erreicht. Empört riss sie dem Pfleger die Gerte aus der Hand. „Machen Sie das nie wieder mit meinem Pferd", schimpfte sie erbost und nahm das

Führstrick. „Gehen Sie mal alle hier weg und zur Seite, ich verlade meine Stute selbst!" Die Pfleger, der Trainer und der Fahrer verzogen sich und sie gaben Ellen freie Bahn. Beruhigend sprach Ellen auf Nebelmond ein und streichelte der aufgebrachten Stute den Hals. Sie wendete das Pferd in die entgegengesetzte Richtung und ging mit Nebelmond an der Hand entlang den Weg, der zum Wald führte. „Wo will Madame hin? Das Pferd zur Rennbahn etwa führen?", witzelten die Jockeys und das Gelächter war groß. „Wenn wir nicht bald fertig aufgeladen haben, dann verpassen wir das Rennen!", schnaufte der Trainer erbost. „Hey Lady, 5 Minuten, dann fahren wir ohne das Pferd", schrie er Ellen hinterher. „Hör mir zu Nebelmond! Du wirst heute einen großen und besonderen Tag haben! Mit vielen Menschen, Musik, Tumult und es wird bestimmt nicht einfach für dich, das alles zu ertragen, das weiß ich. Aber du tust es für mich! Heute läufst du für mich Nebelmond, und nur für mich. Du gehst da raus und zeigst es ihnen. Ich glaube an dich und ich bitte dich darum, es zu tun! Ich weiß dass du das kannst!" Ellen gab der Stute, die aufmerksam die Ohren spitzte, ein Stück Möhre. „Und jetzt gehen du und ich brav auf den LKW hinauf. Es wird nichts passieren, das verspreche ich dir!" Ellen wendete das Pferd und marschierte zurück zum Transporter. Nebelmond folgte ihr widerstandslos, sogar als Ellen die Rampe hinaufstieg. Zum Erstaunen der Männer, die das Geschehen aus der Entfernung beobachteten. „Egal was sie dem Gaul zugeflüstert hat, es hat jedenfalls gewirkt", meinte der Jockey anerkennend. „Hoffentlich hat sie ihrem Pferd auch ins Ohr geflüstert, dass es als erstes ins Ziel kommen soll", lachte der Pfleger. Für Ellen war es das erste Mal, dass sie bei einem Rennen auch als Besitzerin eines Rennpferdes auftrat.

Mehrere Male fragte sie Ralf zuvor, was sie anziehen sollte. Sich so aufzudonnern, wie sie das von den Damen aus den Fernsehfilmen kannte, wollte sie nicht. Mit Hut und Kleid und so, nein, das war nicht ihre Welt. „Außerdem, ich muss mich um Nebelmond kümmern! Da kann ich doch nicht mit Stöckelschuhen durch den Schlamm laufen!"„Ellen, um das Pferd kümmert sich ein Pfleger", lachte Ralf. „Ja, aber nicht um meines! Um Nebelmond kümmere ich mich selbst!" Ralf hatte größten Respekt vor Ellen. Eine Frau wie diese, war einfach einzigartig und sie machte ihn unheimlich glücklich. Ralf machte das auch überhaupt nichts aus, als er auf dem Rennplatz gefragt wurde, ob er eine neue Pferdepflegerin hätte, als er der „High Society" Ellen als „seine Frau" vorstellte. Ralf war stolz auf Ellen. Wie sie mit ihrem Pferd umging, das war vorbildlich. Ihren starken Glauben bewunderte er. Und was hatte diese tapfere Frau nicht alles durchgemacht. „Heute läuft ein Aussenseiter, „Nebelmond", kennst du das Pferd, Ralf?" Ein alteingesessener Bekannter von Ralf, ein Konkurrent, ein Pferde- und Rennstallbesitzer, dessen Pferd ebenfalls in dem Rennen gegen Nebelmond antreten würde, gesellte sich zu Ralf und Ellen auf die Tribüne. „Ja, das ist das Pferd meiner Frau!" „Oh! Das ist ja interessant, aus welcher Zuchtlinie enstammt ihr Pferd, Lady?" Seine neugierige Frage war an Ellen gerichtet. „Das ist eine unbekannte englische Linie, ein recht neuer Vererber, er hat bisher nur wenige Nachkommen. Von denen war noch keiner erfolgreich auf der Bahn", antwortete Ralf rasch. Im selben Moment drückte er Ellens Hand. Ellen sah ihn erstaunt an. Ralf beugte sich zu ihr und flüsterte: „ Hier weiß niemand, dass Nebelmond Bleeding Loves Tochter ist, die heute läuft Ellen, und niemand hat auf Nebelmond gewettet, außer

Heinrich und ich!" Ralf zeigte stolz mit dem Finger auf zwei Sitzreihen unter ihnen und Ellen entdeckte tatsächlich Bauer Heinrich. Als dieser Ellen sah, winkte er freudig. „Wenn dein Pferd gewinnt, sind Heinrich und ich reich!" Ralf grinste spitzbubenhaft. „Du hast was? Wie hast du das geschafft, du bist ohhh…!" Ellen war ganz außer sich. Aber im positiven Sinne. Anscheinend wusste wirklich niemand, außer Ralf, Bauer Heinrich und Ellen, dass es sich bei Nebelmond um Bleeding Loves Tochter „Blue Native Dream" handelte. Ralf hatte es niemandem erzählt, um Ellen nicht in Bedrängnis zu bringen. Wie auch immer Ralf das geschafft hatte, diese Sensation zu verheimlichen, es blieb vorerst ein Geheimnis. „Hast du auch gewettet auf dein Pferd, Ellen", flüsterte Ralf leise. „Nein, ich wusste ja gar nicht, wie das geht und als noch etwas Zeit war, da habe ich nach meiner Stute gesehen. Ich wollte Nebelmond nicht alleine lassen!" „Macht nichts, falls ich gewonnen habe, ich teile meinen Gewinn gern mit dir!" Ralf gab Ellen einen Kuss. Die Pferde wurden zu den Startboxen geführt. Nebelmond war aufgeregt. Ellen sah es ihrer Stute genau an. Unruhig schlug sie mit dem Kopf und tänzelte. Ellen wurde immer nervöser. Ralf hielt ihre Hand. „Du kannst jetzt nicht mehr da runtergehen, Ellen, alles wird gut", versuchte er seine Frau zu beruhigen. „Ich hoffe es", stöhnte Ellen und sie hielt sich die Hand vor Augen. Sie wollte nicht mit ansehen, wie Nebelmond in die Startbox verbracht wurde. „Ist sie drin? Ist sie drin", fragte Ellen immer wieder. „Noch nicht", aber bald!", besänftigte Ralf seine aufgebrachte Frau. „Jetzt! Sie ist drin!" Ellen öffnete ihre Augen und wagte kaum noch einen Atemzug zu nehmen. „Hoffentlich geht das gut", jammerte sie. „Jetzt muss sie nur noch rennen, Ihre Stute und am besten nicht an letzter Position ins Ziel kommen!", lachte der Mann, der neben Ellen saß und sie zuvor nach der Abstammung von Nebelmond befragt hatte. Da flogen auch schon die Türen der Startboxen auf. Ralf atmete tief durch: „Jetzt gibt's kein Zurück mehr!" Ellen glaubte, ihr Herz könnte das nicht durchstehen. Ein dichter Kreis von Pferden bildete sich. Dieser würde sich nach und nach auflösen und eines der Pferde musste die Spitze übernehmen. Die Sekunden verstrichen........Ein dunkles Pferd übernahm die vordere Position… „Sie ist ganz vorne, Nebelmond hat die Führung übernommen", Ralf klang erschrocken. „Was bedeutet das?" Ellen konnte sich vor Aufregung kaum noch halten. Sie war so nervös, wie nie zuvor in ihrem Leben. „Das ist gegen die Regeln, die wir dem Jockey gegeben haben. Verdammt nochmal! Er sollte die Stute zurückhalten! Ganz vorne von Anfang an dabei zu sein, ist niemals gut, da verausgaben sich die Pferde zu schnell! „Das Tempo bis zum Schluss kann Ihr Pferd niemals durchhalten", triumphierte der Mann neben Ellen. Die Ironie sprach aus seinem Herzen. „Warum hält Wladimir sie nicht zurück? Verdammt, was tut der Idiot da?" Ralf, der bis zu dem Zeitpunkt, als die Pferde aus den Startboxen schossen, mit seinen Nerven eigentlich gut beisammen schien und die Ruhe selbst war, wurde nervös und betrachtete den Rennablauf äußerst skeptisch. Nebelmond hatte sich eindeutig an die Spitze gesetzt und galoppierte ihren Verfolgern davon. Genauso, wie sie es zuhause auf der Sandbahn getan hatte. Sie lief und lief. Es war, als wurde sie immer schneller. Raumgreifender ihre Galoppsprünge, sie vergrößerte zusehends ihren Rahmen. Sie flog über die Bahn. Nebelmond wurden in ihrem Bewegungsablauf stetig flacher, sie rannte, was ihre Beine hergaben. Der Abstand zu ihren Verfolgern wurde größer und weiter. Ellen hörte den Ansager

nur noch dumpf durch den Lautsprecher schreien: „Die
Aussenseiterin „Nebelmond" setzt sich mit 6 Längen
Vorsprung bereits vor der ersten Kurve deutlich vom Feld ab!
Das ist ein Wahnsinnstempo, das kann kein Pferd der Welt bis
zum Zieleinlauf durchhalten!" Ellen faltete die Hände. Sie
wusste nicht, was passieren würde und ob sie beten sollte, aber
sie konnte die Dinge nicht ändern. Nebelmond war nicht
aufzuhalten. Ellen erinnerte sich plötzlich an den Film
„Secretariat". An das Rennpferd, das mit vielen Längen
Vorsprung vom Start bis zum Ziel in den 70 er Jahren
durchgehalten und einen Bahnrekord nach dem anderen
aufgestellt hatte. Als Ellen den Film, der auf wahren Tatsachen
beruhte, gesehen hatte, hatte sie vor dem Fernseher weinen
müssen. Heute lief ihr eigenes Pferd auf der Rennbahn.
Gänsehaut, Demut und Faszination überkamen Ellen. Immer
schneller schien dieses Pferd zu werden und niemand konnte
seinen Augen trauen, was auf der Rennstrecke unterhalb der
Tribünen vor sich ging. Niemand hätte die Stute aufhalten
können. „Eine echte „Eden Rock", die kämpft vom Start bis
ins Ziel und ist lieber tot als Zweiter!" Bauer Heinrich blieb
äußerlich unbeeindruckt . Regungslos saß er da, aber sein Herz
schien vor Freude beinahe zu zerplatzen. Seit Jahren hatte er
kein Pferd wie dieses mehr zu Gesicht zu bekommen und dazu
war die Stute in seinem Stall aufgewachsen. Der Stolz stand
ihm ins Gesicht geschrieben. Der Sitznachbar blickte ihn
erstaunt an. „Hier im Katalog steht, die Stute stammt ab von
einem neuen Hengst, der im Rennen noch keine erfolgreichen
Nachkommen hat, das ist doch keine „Eden Rock" „Tochter,
die da über das Feld fliegt......!" Bauer Heinrich machte eine
abweisende Handbewegung in die Richtung des Mannes. Er
wollte in Ruhe das Renngeschehen verfolgen. „Nebelmond ist

nicht einzuholen", dröhnte es aus dem Lautsprecher. „Da muss der Jockey aber gleich in der Zielgeraden, wenn die anderen von hinten kommen, mit der Gerte mächtig draufhauen, wenn er mit dem Tempo bis ins Ziel durchhalten will", klugscheisste der neunmalkluge Widerling neben Ellen. „Der Jockey hat keine Gerte", antwortete Ellen trocken. „Ja, dann wird er das Rennen wohl verlieren!" Der abstoßende Typ schien begeistert. Ellen schüttelte den Kopf. Da muss ich Ihnen widersprechen: „Ein Pferd kannst du nicht zwingen, etwas für dich zu tun. Du kannst es lediglich darum bitten." Der Widerling schmiss sich in die Brust und sagte lapidar: „Aha und Sie haben Ihres darum gebeten zu gewinnen, Lady? Wir sind hier auf einer Rennbahn und nicht auf ner` Ponyveranstaltung!" Und dann lachte er los. Sein Pferd rückte an die zweite Position vor, aber es lag immer noch gut 5 Längen hinter Nebelmond zurück, die bereits durch die nächste Kurve flog. „Wo will diese Stute hinrennen, verdammt noch mal, sowas habe ich noch nie gesehen!" Ralf war mittlerweile aufgestanden, hatte sich von der Tribüne erhoben. Nicht nur er, einige andere Menschen taten es ihm nach, als es für die Pferde in den Zieleinlauf ging. Sie waren fasziniert von dem Ereignis, das sich vor ihren Augen auf der Rennbahn abspielte. Einige von ihnen ahnten, dass sie ein Pferd wie Nebelmond, das von der Startbox bis in die Zielgerade an erster Stelle lief, so schnell nicht mehr vor ihr Gesicht bekommen würden. „Was für ein Pferd!" Ralf war fassungslos. Die letzte Gerade lag vor dem galoppierenden Feld und Nebelmond lief weiterhin unangefochten an erster Position. „Nebelmond mit 6 Längen in Führung! Unglaublich diese Stute! Leute, was wir hier für ein Rennen geboten bekommen, das ist einmalig in der Renngeschichte!

Sollte die Aussenseiterin Nebelmond das durchhalten, mit dem Tempo ins Ziel zu laufen, dann stellt sie einen neuen Bahnrekord auf!" Als die Pferde auf die Gerade kamen, nahmen die Jockeys die Gerten hinzu und striffen die Pferde, damit sie an Tempo zulegten. Ellen sah, wie der Jockey auf Nebelmond, an seinen Ellenbogen vorbeispähte und das Feld hinter sich beobachtete. Einige der Pferde näherten sich gefährlich an Nebelmond heran. Dadurch, dass die Tiere von ihren Jockeys angetrieben wurden, ihr Letztes an Geschwindigkeit zu geben, was in ihnen steckte, kam Nebelmond in Bedrängnis. „Stellas Girl" holt auf, setzt sich an zweite Postion, dahinter „Chinatwon", gefolgt von „Glennridges Silvergirl", knatterte es durch den Lautsprecher. Ellen sah genau, dass der Jockey Wladimir noch einmal unter seinen Ellenbogen hindurchblickte und ebenfalls sah, dass das Feld hinter ihm bedrohlich aufholte. Der schmierige Typ neben Ellen freute sich bereits, denn seine Stute „Stellas Girl" machte mächtig Boden gut. „Jetzt wird Nebelmond zurückfallen", seufzte Ralf. „Das Tempo kann sie nicht mehr stehen!" „Nein! Sie wird laufen!" Ellen nahm Ralfs Hand und drückte sie ganz fest. „Ich habe sie gebeten, es zu tun! Für mich! Für uns, zu gewinnen Ralf, und sie wird es, wenn sie das will! Ganz besimmt!" Ralf blickte Ellen warmherzig an. Ihn beeindruckte die Tatsache, wie überzeugt Ellen von ihrem Pferd war, und er zweifelte nicht daran, dass Nebelmond Ellen nicht enttäuschen würde, wenn sie dieses Pferd wahrhaftig um etwas gebeten hatte. Kurz nachdem sich Wladimir auf Nebelmond vergewisserte, dass seine Verfolger verdammt nahe waren, schien es, als beschleunigte Nebelmond ihr Tempo abermals. Dabei trieb Wladimir sie nicht an. Er hatte keine Gerte, mit der es hätte tun können, aber die brauchte er

auch nicht…! „Komm Mädchen, du schaffst das!", flüsterte
Ellen und ihre Nervosität war mittlerweile verflogen. Sie hatte
keine Angst mehr. Anfänglich hatte sie sich gesorgt, als
Nebelmond in dem hohen Tempo losgeschossen war, ihr Bein
könnte nicht halten oder durch die Geschwindigkeit würde die
Lunge des Pferdes zereissen. Ellen spürte, Nebelmond gab das
Tempo freiwillig vor. Sie bekam keinen Druck. Die Stute
wollte laufen und scheinbar auch gewinnen. Allen anderen
wollte sie davongaloppieren. Nebelmond lief das Rennen ihres
Lebens. Vom Start bis ins Ziel ließ sie sich nicht aufhalten und
auch nicht schlagen. „Nebelmond beschleunigt, seht Euch das
an Freunde, die Stute ist sensationell, sie geht mit 6, ja 7
Längen in Zielrichtung! Nur noch 800 Meter zu galoppieren
und die Stute ist nicht zu stoppen! Je länger dieses Pferd
galoppiert, desto schneller wird es! Das, was wir hier sehen, ist
ein Wunder in der Renngeschichte. Ein Pferd galoppiert vom
Start bis zum Ziel unangefochten in einem Wahnsinnstempo
an der Spitze, das nicht zu schlagen ist! Was für ein Rennen!
Was für ein Pferd!" Die Worte des Sprechers überschlugen
sich förmlich. Nebelmond lief ihr Rennen. Ein einziges
Rennen, das Rennen ihres Lebens… Die Stute war von keinem
der anderen Pferden einzuholen. Unangefochten durchschoss
sie als erstes der 12 Pferde die Ziellinie. Und selbst als sie das
Ziel hinter sich gelassen hatte, hatte der Jockey große Mühe,
Nebelmond anzuhalten und sie zu zügeln. Beruhigend sprach
Wladimir auf die Stute ein. Ein Pferd wie Nebelmond, war er
nie zuvor geritten in seiner Karriere, er hatte größten Respekt
vor diesem Pferd. In dem Moment, als die Startbox aufschlug,
hatte er sich gewünscht zu gewinnen. Er trug als einziger
Jockey keine Gerte bei sich, mit der er den Gewinn hätte
rausreiten können. So wie er es in all den anderen Rennen

zuvor getan hatte und er war mehr als 100 von ihnen geritten. Den Sieg rauszureiten aus einem Pferd, auf dem er saß, ohne Gerte, war nahezu lachhaft und unmöglich. Nebelmond hatte er tatsächlich gebeten, ihn zum Sieg zu tragen. Wäs hätte er sonst tun sollen? Wladimir war angewiesen auf die Bereitschaft der Stute, für ihn zu siegen. Ihrer Willkür, es zu tun, war er ausgeliefert. Somit blieb ihm nichts anderes übrig, als an das Herz des Pferdes zu appellieren und an den Siegeswillen der Stute zu glauben. Wladimir erhoffte ein Wunder und dass dieses Pferd unter ihm den Ruf seines Herzens wahrnehmen und ihm folgen möge. Ein Jockey ohne Gerte war eine Lachnummer auf seinem Rennpferd. Unbewaffnet träumte Wladimir vom Sieg, als er mit Nebelmond über die Bahn flog und niemand konnte sein Pferd aufhalten, es für ihn zu tun. Vom Sieg Nebelmonds träumte Wladimir für die restlichen Zeiten in seiner Rennkarriere, denn es passierte nie wieder, dass ihm ein Pferd wie dieses begegnete und er es reiten durfte. Ein Pferd, das gewinnen wollte, weil man es darum gebeten hatte, anstatt es zum Sieg zu zwingen. Wenn man mit der Gerte auf seinen Körper schlug, tat man es eigentlich, um es damit zu bestrafen. „Ein Sieg aus Zwang und Druck, ist ein Verrat am Tier, aber niemals ein Erfolg", hörte man Wladimir viele Jahre später in einem Interview antworten, auf die Frage, warum er seine Rennen nach dem grandiosen Sieg von Nebelmond alle ohne Gerte ritt.

Niemand der anwesenden Menschen hätte geglaubt, was
passiert war, wenn sie es nicht mit eigenen Augen gesehen
hätten. „Unglaublich!" „Sensationell!" „Einzigartig!" „Was
für ein Pferd!" hallte es durch die Menschenreihen. Ellen
bekam von alledem nichts mehr mit. Wie in Trance lief sie
quer über die Tribünen, um zu ihrem Pferd zu gelangen und
sich bei Nebelmond zu bedanken. „Was verdammt noch mal
ist das für eine Stute, die Ihre Frau da im Rennen hatte,
Rosenthal?", ächzte der Widerling, als er Ralf zum Sieg die
Hand schüttelte. „Ein Wunderpferd", entgegnete dieser und
machte sich ebenfalls auf den Weg, um Ellen nicht im
Getümmel zu verlieren. Immerhin musste sie zur Siegerehrung
ihres Pferdes. Ellen war Besitzerin des Siegerpferdes!

Als Ellen ihr Pferd erreichte, fiel sie der Stute überglücklich um den Hals. „Wo wolltest du nur hinlaufen, Nebelmond?", fragte sie mit Tränen in den Augen. „Das hätte ich auch gerne gewusst, ich glaubte, die Stute würde nie wieder anhalten Madame", lachte der Jockey. „Lady, ich habe Ihr Pferd gebeten zu gewinnen und diese Stute hat es getan! Sie hat es tatsächlich getan! Ist das nicht phantastisch?" Wladimir war ganz außer sich. Als Ralf schließlich Ellen, den Jockey und Nebelmond erreicht hatte, fragte er japsend und nach Luft ringend: „ Wladimir, wo wolltet ihr hin, verdammt noch einmal ? Warum hast du die Stute nicht zurükgehalten, so wie es besprochen war?" Der Jockey schüttelte entgeistert den Kopf. „Zurückhalten? Wo ist die Bremse bei diesem Pferd bitteschön? Ihr macht alle Witze! Dieses Pferd hat nur Gaspedal, Bremse funktioniert nicht!" Bauer Heinrich konnte sein Glück nicht fassen. Er hatte mal eben schlappe 20.000 Euro gewonnen. Sein Wetteinsatz mit dem Siegertipp auf Nebelmond hatte sich gelohnt. Endlich konnte er sich den Trecker leisten, für den er so lange geschwärmt hatte. Von den Menschen, die an dem Tag auf dem Rennplatz anwesend waren, wunderte es niemanden, dass Nebelmond nach dem Rennen vor der Siegerehrung zur Dopingkontrolle musste. Bis zur Bekanntgabe des Ergebnisses dauerte es eine Weile und in der Zeit gab es bereits einige Interessenten aus dem Ausland, die Ralf eindeutige Angebote für Nebelmond machten. Summen wie eine halbe Million, waren nichts Ungewöhnliches für die reichen Scheichs aus Dubai. „Das Pferd ist unverkäuflich!", trotzte Ralf sämtlichen Geboten. Der Satz „Nebelmond ist unverkäuflich", sprach sich rasend schnell herum. In kürzester Zeit verbreitete sich diese Information wie ein Lauffeuer. Die Dopingkontrolle war negativ. Nebelmond war unangefochtene Siegerin mit 7 Längen Vorsprung im Rennen der 2 jährigen Stuten und bekam die Siegerschärpe umgehangen. Sie stellte einen neuen Bahnrekord auf, der bis heute als ungeschlagen gilt. Als Ralf und Ellen nach dem Rennen ein Dinner gaben und bis in die

frühen Morgenstunden mit den anwesenden Sponsoren,
Freunden, Jockeys, dem Trainer und allen Beteiligten, die an
dem Rennen Anteil hatten, zusammen ihren Sieg feierten,
fragte Ralf vorsichtig: „Bist du sicher, dass es nur dieses
einzige Rennen war, das Nebelmond laufen sollte, Ellen?“
„Ich habe Nebelmond gebeten, zu gewinnen. Sie hat es getan
und das Gefühl ihres Sieges ist wundervoll und unglaublich
für mich. Ein Kindheitstraum wurde wahr. Ich möchte niemals
mein Glück herausfordern, sondern es im Herzen bewahren,
für immer! Einfach glücklich sein, Ralf! Ich möchte mit dir
und Nebelmond zusammen ausreiten, durch den Morgennebel
in den Sonnenaufgang galoppieren. Hand in Hand. Das
wünsche ich mir, mehr Freude und Glück brauche ich nicht in
meinem Leben! Ich liebe dich Ralf, ich liebe dich so sehr.“

Ralf stand auf und griff behutsam nach Ellens Hand.

„Komm!“

Zu den Gästen am Tisch sagte er:

„Ihr entschuldigt uns bitte, wir wollen den Sonnenaufgang
erleben und einfach glücklich sein!“

-Ende-

Nächstes Foto zeigt Anais C. Miller und ihren Classic Star... ☺ „Ich
ging Reiten und war glücklich!" Anais C. Miller

Classic Star

Anais C. Miller

„Man trifft sich immer zwei Mal im Leben…"

„Er war mein größter Traum…"

Impressum:

Text: Anais C. Miller

Hersteller: Bod Books on Demand

Printed in Germany 2016

Bilder/Fotos Quelle: Pixaby, Anais C. Miller, Viviane Bastert

Heute möchte ich Euch die Geschichte meines Pferdes „Classic Star" erzählen. Er ist mein bester Freund und ich liebe ihn sehr. Classic Star hat einen besonders harten Weg hinter sich. Der Tod war ihm sehr nahe, als ich ihn traf. Aber, wir haben es geschafft! Das Schlimmste ist vorüber und darüber bin ich sehr glücklich! Viele Menschen haben mich verständnislos gefragt, was ich mit dem alten Klepper will, der sei ja nichts mehr wert. Für mich ist er „Alles" wert! Mein Classic Star! Er bedeutet mein Leben!

Weil ich ihn liebe und weil er mich glücklich macht!

Ich wünsche Euch viel Spaß beim Lesen und bedanke mich bei all den Menschen, die uns auf unserem Weg liebevoll unterstützt und begleitet haben. Durch Spenden, liebe Worte und dadurch, dass sie unser Buch gekauft haben, denn der Erlös kommt dem Sorgenkind (Classic Star) zugute. Bitte bedenkt, ich bin lediglich eine Hobbyautorin mit Spaß an Manuskripten, die das Herz berühren! Bitte verzeiht mir meine Fehler!

Vielen Dank!

Liebe Leser,

vor Euch liegt die reale Geschichte eines Pferdes, die
eigentlich recht grausam in ihrem Inhalt ist. Durch mehrere
unglückliche Ereignisse ereilte den wundervollen
Schimmelwallach „Classic Star" ein Schicksal, das beim
Lesen bestimmt niemanden von Euch kalt lässt. Eines möchte
ich Euch bitte ans Herz legen! Mit dem Buch, in dem ich
unsere Geschichte öffentlich erzähle, möchte ich niemanden
persönlich angreifen. Niemanden, der vielleicht für Dinge, die
geschehen sind in Zusammenhang mit dem Pferd,
verantwortlich sein könnte. Das Schicksal des Pferdes nahm
einen Verlauf, den sich niemand für das Tier herbeigewünscht
hat. Einige Menschen sind blind für Dinge im Leben, weil sie
diese nicht mit ihrem Herzen sehen. Wir haben nicht das
Recht, über sie zu urteilen, weil wir nicht in ihren Schuhen
ihren Weg gegangen sind. Wir kennen weder die Abgründe
ihres Verhaltens, noch ihre Ansichten. Das traurige Schicksal
von Classic Star wurde nicht beabsichtigt herbeigeführt! Das
Buch ist nicht aus Verurteilung heraus entstanden. Die
Menschen, die bei Classic Star weggesehen haben, als das
Pferd dringend Hilfe brauchte, verurteile ich nicht. Im
Gegenteil. Ich vergebe ihnen. Sie wussten es nicht besser. Das
Buch habe ich geschrieben, weil ich meinen Kummer, die
Schmerzen und tiefe Verzweiflung, die ich auf dem Weg mit
dem Schimmelwallach zusammen erlitten habe, einfach von
der Seele schreiben musste. Um all das, was ich gesehen und
erlebt habe, verarbeiten zu können. Natürlich dient dieses
Buch auch der Erinnerung, dass wir „Wundervolles"
vollbracht haben. Nämlich einem Tier, das dem Tode nahe
war, neues Leben zu schenken und mit ihm eine wunderbare
Freundschaft einzugehen. Menschen teilhaben zu lassen an
einer real erlebten Geschichte, die ich aus meinen tiefsten
Gefühlen und Gedanken heraus erzähle, ist etwas
Berührendes. Geteiltes Leid ist halbes Leid! Unser Weg ist
noch nicht zu Ende. Das Pferd ist an meiner Seite.

Bitte verurteilt mich beim Lesen nicht für Dinge, Abläufe oder ähnliches, die ihr im Zusammenhang mit dem Pferd vielleicht anders gemacht hättet. Es gab Momente in unserer Geschichte, da blieb keine Zeit zum Nachdenken und manchmal nahm mir die Fassungslosigkeit jegliche Zuversicht.

-Danke-

Classic Star erinnert mich seit jeher an das Pferd "Nikolaus"
von Aschenputtel. Den Film liebe ich, seit ich denken kann.
Jedes Jahr freue ich mich auf Weihnachten. Heule vor dem
Fernseher und bin ganz ergriffen. Auch wenn ich den Film
schon gefühlte 200-mal gesehen habe. Natürlich nur das
Original "3 Haselnüsse für Aschenbrödel" in der Besetzung
mit „Libuse Safrankova". Seit ich denken kann, wünschte ich
mir genau solch einen prachtvollen Schimmel. So gern hätte
ich den Schimmelwallach "Classic Star" in seinen besseren
Zeiten an meiner Seite gehabt. Als ich ihm das allererste Mal
in meinem Leben begegnete, da war er ein stolzes und
erfolgreiches Pferd, das alle Blicke auf sich zog. Bewundert
habe ich ihn für seine Schönheit, seinen Stolz und damals war
ich sehr traurig, dass er nicht "Mein Pferd" werden konnte.

Als ich Classic Star vier Jahre später wiedergesehen habe, das Schicksal hatte entschieden, dass wir uns ein zweites Mal im Leben treffen sollten, sah ich ein sterbendes Pferd vor mir, das seinen Lebenswillen bereits aufgegeben hatte. Sein Anblick zerriss mir das Herz. Was hatte man diesem wundervollen Pferd nur angetan? Was war passiert? Die Entscheidung, ihn mitzunehmen, ihn zu erlösen oder ihn dort zu lassen, wo er war, war eine sehr schwierige. Für einen Moment zögerte ich! Das gebe ich ehrlich zu. Unter Schock stand ich.

Für Classic Star:

Du ich glaub daran, dass wenn was schwerwiegt, einfach anzufangen. Auch wenn Tonnen Tränen entgegenkommen, kannst Du `s trotzdem wagen. Wenn Du ehrlich bist, da muss was raus, weil es Dich zerfrisst und Du damit voll beladen bist. Wer kann so viel tragen? Also fängst Du langsam an und lässt es raus.

Du fängst langsam damit an und bäumst Dich auf.

Du fängst langsam damit an und hörst nicht auf, Du fängst langsam an...

Und dann stehst Du auf, so dass es mir ganz kurz den Atem raubt!

Die erste Wahrheit kommt ganz langsam raus und nimmt ihren Lauf.

Du taust langsam auf....

Und dann fängst Du langsam an...

Du fängst langsam an und ich fang Dich...! Ich fang Dich auf!

Und Du wirst sehn, da vorne glänzt die Freiheit...

Und Du wirst sehn, auf Dich wartet nur Freiheit!

Für Immer und Hier, startet bei Dir...

Und Du fängst langsam damit an und hörst nicht mehr auf...

Wort für Wort löst es sich auf...

(-Frida Gold- Langsam)

Wie sehr freute ich mich über den Telefonanruf!

Endlich!

Auch wenn es eigentlich schon längst zu spät war, für mich
und mein „Traumpferd". Die besten Jahre hatte der große
Schimmelwallach „Classic Star" bereits hinter sich. Seine
sportlich erfolgreichen "Glanzzeiten" ebenso. Seit ich Classic
Star das erste Mal gesehen hatte, war ich verliebt in ihn. Er ist
und bleibt mein absoluter "Prinz unter den Pferden". Mein
"Nikolaus" unter den Schimmeln in der Pferdewelt. Einmal
gesehen, für immer geliebt und unvergessen! Er ist einfach
wunderschön...Damals stand das Schicksal allerdings unter
keinem guten Stern für uns beide. Wir verloren uns zunächst
wieder aus den Augen, leider. Unsere gemeinsame Zeit, die
sollte erst noch kommen, allerdings in der Zukunft liegend,
Jahre später. Das Leben geht manchmal verrückte Wege. Es
ist, als habe Classic Star auf mich gewartet und ich auf ihn.
Von damals bis heute. 4 Jahre lang. So könnte man es
tatsächlich beschreiben. An anderer Stelle im Buch des
Lebens, trafen wir beide uns noch einmal wieder. An einer
sehr traurigen. Ich glaube an Bestimmung im Leben. Unser
Lebensweg ist seit der Geburt an, bereits geschrieben und wir
laufen ihn einfach in der Reihenfolge ab, wie wir es tun
müssen, ohne zu wissen, was uns erwartet. Daran glaube ich.
Hätte ich nicht gewusst, welch ein wundervolles Pferd Classic
Star war und hätte ich ihn nicht bereits zu seinen besten,
gesunden Zeiten kennengelernt, ich hätte ihn in seiner
nahenden Todesstunde erlöst. Als ich Classic Star zum
zweiten Mal in meinem Leben begegnete, traf ich ein
sterbendes Pferd, ein Häufchen Elend, das mit seinem Leben
abgeschlossen hatte. Von dem einstigen Superstar war nichts
übriggeblieben. Auf eine tote Seele traf ich, umhüllt von
einem leeren, kraftlosen Körper, in dessen Inneren das Herz
einfach nicht aufhörte, zu schlagen.

Hier beginnt unsere Geschichte...

Auf den Anruf musste ich tatsächlich 4 Jahre lang warten! Der Besitzer hatte entschieden, Classic Star zu verkaufen. Vor 3 Jahren hatten wir bereits über einen möglichen Verkauf des Pferdes diskutiert, aber aufgrund der Preisvorstellungen des Eigentümers keine Einigung finden können. Finanziell war ich nicht in der Lage, mir das Pferd zu leisten. Damals war das eine schmerzhafte Erfahrung für mich. Jeder kann sich vorstellen, wie es sich anfühlt, wenn man sich etwas von ganzem Herzen wünscht und genau weiß, dass es aussichtslos ist. In all den Jahren hatte ich den wundervollen Classic Star jedoch nicht vergessen. Oftmals träumte ich von einem Comeback meinerseits im Reitsport. Bedingt durch einen Unfall und mehrerer Erkrankungen war ich lange Zeit schon raus aus dem aktiven Springsport. Mit Classic Star noch einmal durchzustarten, das wäre (m)ein Traum gewesen! Unerreichbar, der schöne Traum und dabei sollte es für mich wohl bleiben. Dennoch war Classic Star unheimlich tief in meinem Herzen verankert. Eine Erklärung, warum ich mich mit dem Pferd stark verbunden fühlte, von Anfang an, all die Jahre, gibt es für mich bis heute nicht. Seelenverwandtschaft vielleicht? Schicksal? Wahrscheinlich guckte ich immer nur zu viele Aschenputtel -Filme an Weihnachten! Nach 4 Jahren dann der plötzliche Anruf des Besitzers. Aus heiterem Himmel. Es traf mich unverhofft und völlig unerwartet. Ob ich noch Interesse an Classic Star hätte? Natürlich war ich zuerst einmal überrascht, damit hatte ich nicht mehr gerechnet. Nach anfänglicher Sprachlosigkeit wurde meine Freude jedoch unheimlich groß. Unbeschreiblich, welche Gedanken mir nach dem Anruf durch den Kopf gingen. Plötzlich hatte ich Schmetterlinge im Bauch. Classic Star und ich sollten doch noch ein Team werden? Welch ein herrlicher Gedanke! Freude pur, Emotionen, Erinnerungen und einfach wahrhaftiges Glück, fühlte ich bei den Gedanken an Classic Star. Das Pferd bedeutete Glück der größeren Art für mich. Der Gedanke an

seine sanften Augen und das schneeweißes Fell ließen mich
dahin schmelzen. Der große Schimmel war weiß wie der
schönste Pulverschnee aus einem Wintermärchen. Erhaben
waren seine Gangarten und federleicht. Sein Stolz war
unübersehbar! Seine Kraft, mit der er die Hindernisse
bewältigte, zum Niederknien. Verglichen mit einem Auto
ähnelte er einem Mustang, Porsche oder einem Lamborghini.
Das Beste einfach, das man hätte bekommen können. Ein
Leistungspferd pur. Eine Power-Maschine über den
Hindernissen. Über 150 cm hohe Sprünge lachte das Pferd im
Parcours.

Ein Wahnsinnspferd...

Classic Star war zum Zeitpunkt des Anrufs mittlerweile 19 Jahre alt. Ein stattliches Alter für ein Pferd. Natürlich machte ich mir Gedanken über das Alter und es gab gerechtfertige Bedenken meinerseits. Jahrelang der harte Sport, die extreme Belastung seiner Gelenke beim Springen. All das hatte sicherlich Spuren hinterlassen. Natürlich war Classic Star körperlich verbraucht. Der Besitzer versicherte mir jedoch, das Pferd sei fit wie eh und je, ich könnte bestimmt noch ein paar Jahre Spaß mit ihm haben. Meine Zweifel über den gesundheitlichen Zustand Classic Stars waren bei den wundervollen Gedanken, die ich mit dem Schimmel in Verbindung brachte, wie weggeblasen. Dieselbe Wirkung müssen Drogen haben. Alles Negative, das eventuell existiert in einer Herzensangelegenheit, wird ausgeblendet und man ist einfach nur unendlich happy. Die rosarote Brille lässt grüßen. Mein Traum, Classic Star eines Tages besitzen zu dürfen, war immer größer gewesen, als das ich hätte jetzt NEIN sagen können. Classic Star und ich, wir gehörten zusammen! Warum auch immer. Keine Ahnung, weshalb ich das Bedürfnis, mit dem Schimmel zusammen sein zu können, in meinem Herzen herumschleppte, über mehr als 4 Jahre lang...! Unfassbar und unglaublich. Vielleicht hatte ich ein Rad ab? Verliebt in ein Pferd war ich! Ging das überhaupt? Gibt es das? Ja, bei mir sicher! Es war jedenfalls höhere Gewalt mit dem Schimmel. Von Anfang an war es das. Menschen haben Träume und Wünsche. In die Kategorie „Träumer" passe auch ich besonders gut hinein. Wenn ich mir etwas in den Kopf gesetzt habe, dann will ich das! Unbedingt! Böse Falle! Für Classic Star wäre ich bis ans Ende der Welt gelaufen! Manchmal erfüllt sich tatsächlich der ein oder andere Traum in unserem Leben. Auch wenn es bei mir und dem Pferd 4 Jahre gedauert hat. Ein Jahr Pause durfte Classic Star bereits vom ehemals anstrengenden Turniersport genießen. Dieses und andere Details über Classic Star und den eigentlichen Eigentümer, der seinen Sitz im Ausland hatte, erfuhr ich im Telefonat mit dem ehemaligen Reiter. Wir waren gut befreundet über die Jahre

hinweg schon. Classic Star lebte mittlerweile auf einem
sogenannten Gnadenhof. Gar nicht weit von meinem Wohnsitz
entfernt. Ein Katzensprung nur. Der Eigentümer hatte das
Pferd dem Reiter in Deutschland überlassen. Dieser sollte sich
wiederum um einen schönen und wohlverdienten Lebensabend
des Pferdes kümmern. Auf dem Gnadenhof sollte Classic Star
seine Rente auf grünen Weiden genießen. Gesagt getan. Vom
Springparcours ab, direkt aufs Altenteil im Sonnenschein.
Hinaus auf immergrüne Weiden und in „fremde" Hände mit
Garantie seiner besten Altersversorgung. Damit es Classic Star
an nichts fehlte, sollte ein monatlicher Betrag gezahlt werden.
Dieser war nicht unerheblich! Guter Plan. Eigentlich! In
Gesellschaft mit anderen Pferden, die ebenfalls im Sport
ausgedient hatten, genoss Classic Star seit einem Jahr die
Rente auf dem Gnadenhof, hieß es. Den lieben Tag lang
konnte er auf grünen, endlosen Weiden „chillen". Erholung
von dem anstrengenden Sport durfte er ausleben, als
Dankeschön seiner zahlreichen Leistungen, die er erbracht
hatte. So sah also sein neues Leben aus. Wie schön, dachte ich.
Nichts ist wertvoller, als die Gewissheit, das Beste für sein
geliebtes Tier ermöglicht zu haben. „Der ist so gut erholt", der
wird sich freuen, wenn er wieder ein wenig mehr arbeiten
darf!" scherzte der Reiter am Telefon und mit dem Argument
hatte er mich natürlich überzeugt. Dem Eigentümer fehlten im
Moment die finanziellen Mittel, die Rente für Classic Star
weiterhin zu finanzieren. Die monatlichen Kosten zur
Versorgung des Pferdes auf dem Gnadenhof waren nicht
unerheblich. Deshalb hatte mich der ehemalige Reiter von
Classic Star angerufen und gefragt, ob ich das Pferd
übernehmen wollte. Aufgrund der finanziellen
Schwierigkeiten des Eigentümers, musste für das Pferd eine
Lösung herbei. Die monatlichen Kosten sollten eingespart und
das Pferd verkauft oder an jemanden übergeben werden, der es
weiterhin gut versorgen konnte. Natürlich nur in allerbeste
Hände. Dem Pferd durfte es an nichts fehlen, so lautete die
oberste Bedingung. Verständlich. Classic Star war von seinem

Besitzer, dem Reiter und seinen Pflegern unheimlich geliebt worden all die Jahre lang. Daran hegte ich niemals Zweifel. Nur das Beste war gut genug für den Schimmel. Natürlich sollte der Wunderschimmel auch bei mir das Beste bekommen, das ich ihm hätte geben können! Der Preis für Classic Star war schnell ausgehandelt und für mich dieses Mal erschwinglich. Ein Freundschaftspreis. Nicht geschenkt, aber günstig. Mein Gott, wie sehr freute ich mich. Besser spät als nie, dachte ich tief in meinem Herzen. Mit dem Hofbesitzer des Gnadenhofes hatten wir ausgemacht, dass ich Classic Star direkt in den nächsten Tagen abholen wollte. Mir konnte es nicht schnell genug gehen. Etwas verwundert war ich anfänglich über die Frage des Hofbesitzers, was ich mit dem Pferd noch vorhatte. Seinen beiläufigen Kommentar, dass das Pferd nicht mehr reitbar wäre, konnte ich nicht wirklich einordnen. Warum sollte ein 19 jähriges Pferd, das gute Pflege bekommen hatte in den letzten Monaten und gesundheitlich soweit noch fit war, nicht mehr reitbar sein? Ich kenne Pferde, die sind mit 20 Jahren noch erfolgreich im Sport unterwegs. Eine gute Freundin von mir war eingeweiht in die Mission, mein Traumpferd vom Gnadenhof abzuholen! Es gab gerade nichts Besseres im Leben, als Freude zu teilen! Aus tiefstem Herzen war sie begeistert. „So lange hast du tatsächlich auf Classic Star gewartet?“ fragte sie ungläubig. Wieder und wieder musste ich die unglaubliche Geschichte erzählen. Warum das mit Classic Star und mir nicht schon viel früher geklappt hatte. „Aber siehst du“, was zusammengehört, das kommt zusammen! Auch wenn es manchmal etwas länger dauert! Du bist für Classic Star bestimmt!“ Meine Freundin war unheimlich gespannt auf Classic Star. Vorgeschwärmt in den höchsten Tönen hatte ich ihr von meinem Wunderpferd. Wie hübsch er war, wie gut er springen konnte und wie sehr ich mich freute, dass der große Tag unseres Wiedersehens unmittelbar bevorstand. Das Beste an der Sache bedeutete für mich der Umstand, dass ich Classic Star bald mein Eigen nennen durfte. Wie ein kleines Kind freute ich mich.

Weihnachten, Geburtstag, Gehaltserhöhung, Urlaub, ach alles
fiel plötzlich zusammen auf nur einen einzigartig
wundervollen Tag in meinem Leben. Der Tag, an dem ich
Classic Star gegenüberstehen durfte, rückte näher. Mit dem
Wissen, dass wir beide auf immer und ewig zusammenbleiben
durften, war ich überglücklich. Träume, die sich erfüllen, du
kannst im Leben nichts Besseres bekommen! Die Ankunft auf
dem Hof ließ mein Herz höher schlagen. Eine wunderschöne
Anlage, ein gepflegtes Wohnhaus, mit großzügigen
Stallungen, grüne Weiden mit einem weißen Holzzaun
eingezäunt, alles vom Feinsten, eine Augenweide! „Hier hat
Classic Star aber ein First Class Zuhause gehabt!" sagte ich
anerkennend. Für einen kleinen Moment dachte ich, dass ich
dem Pferd solche Gegebenheiten bei mir zuhause gar nicht
bieten konnte. So luxuriös ist es bei mir daheim leider nicht.
Der Gedanke, dass ich Classic Star meine ganze Liebe geben
konnte und wollte, beruhigte mich innerlich. Solange ich in
meinem Leben mit Pferden zu tun gehabt habe oder mit Tieren
generell, denke ich, dass es ihnen egal ist, ob sie First Class
wohnen oder 2. Klasse. Hauptsache sie bekommen Liebe,
Respekt und Anerkennung. Artgerecht sind meine Stallungen
daheim alle Male, dafür brauchte ich mich noch nicht zu
schämen. Aber sie sind eben nicht so prunkvoll wie der Hof,
auf dem wir Classic Star abholten. „Wir haben gar keine
Decke und keine Transportgamaschen mit!" sagte meine
Freundin nachdenklich. Auch sie hatte begriffen, in welch
professionellen Gegebenheiten wir uns befanden. Ich glaube,
es war ihr sogar peinlich, das zu erwähnen. Der Stallbetreiber
nahm unsere Sorge nicht zu Notiz. Einige Wochen später sagte
meine Freundin unter Bezugnahme auf die Situation, unter
der wir beide auf dem Anwesen eingetroffen waren, dass sie
dachte, dass man das Pferd bestimmt geschoren und
blitzeblank saubergewaschen in einer der Stallboxen zum
Transport abholbereit untergebracht hatte. Alles sprach in dem
Moment unserer Ankunft dafür, dass die Pferde auf dem Hof
eine vorbildliche Altersrente erfahren durften. Mit allem drum

und dran. Einfach Luxus pur. Der Wahnsinn. Hier hätte auch
ich meine Pferde zur Rente hingebracht! Die Pferde auf den
Weiden rund um das Anwesen waren alle gut genährt und in
einwandfreiem Zustand. Wie teuer der Aufenthalt auf dem Hof
monatlich für die Rentnerpferde war, wusste ich durch das
Telefonat mit dem Reiter von Classic Star. Teuer genug. Ob
wohl jedes Pferd einen eigenen Pfleger hatte, der sich um das
Tier kümmerte? Immerhin mussten die Pferde gestriegelt und
die Hufe eingefettet werden! Auf dem Hof standen mindestens
20 Pferde, eine Person alleine konnte das arbeitstechnisch gar
nicht bewältigen. Der Hofbesitzer agierte nicht sonderlich
freundlich mit uns. Er musterte uns von oben bis unten. Sein
Blick war skeptisch. Sehr. „Wir müssen noch ein gutes Stück
Richtung Wald fahren, hinaus zu den Weiden!" sagte er barsch
und stieg mit einer Handbewegung, die heißen sollte, dass wir
ihm mit unserem Auto folgen sollten, in seinen Jeep. Erstaunt
war ich. „Wie, das Pferd steht nicht hier?" flüsterte meine
Freundin beim Einsteigen ins Auto. Schulterzuckend setzte ich
mich verblüfft hinters Steuer. Gut, wir fuhren dem Typen
hinterher. Entlang durch finstersten Wald, in eine völlig
abgelegene Gegend. Weit abseits jeglicher Zivilisation fuhren
wir quer durch die Felder, Wälder und entlang verlassener
Weiden. „Ich würde den Weg zu der Straße nie wieder
zurückfinden!" sagte meine Freundin ängstlich. Ich war sicher,
in der Waldgegend wäre nicht einmal ein Spaziergänger
unterwegs gewesen, so weit abgelegen waren mittlerweile die
Pferdekoppeln, zu denen wir fuhren. Der Himmel hatte sich an
dem Tag plötzlich dunkel zugezogen, die Atmosphäre war
bedrückend und irgendwie beklemmend. Nach gefühlten 10
Kilometern hatten wir das Ziel erreicht. 5 Pferde standen auf
einer verwaisten Weide. Einsam im Nirgendwo. Als sie die
Autos sahen, kamen sie direkt zum Zaun getrabt. Neugierig
ihre Blick, sie schienen in Erwartungshaltung. Einige Meter
trennten uns nur zu dem Tor ihrer Weide. Welche Art von
Erwartung die armen Kreaturen hatten, denen wir begegneten,
das weiß ich heute. An dem Tag konnte ich nicht sofort

erkennen, welches Grauen auf uns wartete. Niemals hätte ich auch nur annähernd geahnt, welches Szenario sich abspielen würde. Direkt vor unseren Augen. Hätte ich es gewusst, ich wäre niemals zu dem Hof gefahren. Die Pferde warteten, dass man sie endlich abholte. Dass wir sie aus dem Horror, indem sie ihr Dasein fristen mussten, befreiten. Wie tief saßen ihre Hoffnungen, als ein Auto vorfuhr? Wie schlimm musste ihre Enttäuschung in dem Moment sein, wenn das Auto wieder verschwand und sie alleine zurückblieben? Wie sehnsüchtig hofften sie auf Erlösung ihres Aufenthaltes im Niemandsland? Irgendwo im Nirgendwo. Seit Wochen bestimmt. Seit Monaten oder vielleicht seit Jahren. Heute bin ich sicher, seit Jahren bestimmt nicht, das hätte ein Pferd in den Verhältnissen dort gar nicht überlebt. Wie zügig die Pferde an den Zaun heran trabten, als wir uns dem Weidetor näherten. Die Pferde schienen sich richtig zu freuen über unseren Besuch, dachte ich. Von dem Verhalten meiner eigenen Pferde weiß ich, dass sie wissen, wenn ich hinter dem Auto einen Pferdeanhänger habe, dass es bedeutet, dass sie verladen werden. Entweder fahren wir zu einem Turnier, zum Tierarzt, zum Reitunterricht oder bestenfalls in den Urlaub. Die Pferde verknüpfen jedenfalls, ein Pferdeanhänger bedeutet Bewegung! Irgendetwas passiert und wird mit ihnen passieren. Auf den ersten Blick konnte ich nicht sofort erkennen, in welch schrecklichem Zustand die Pferde waren. Mit dem Desaster, das sich mir offenbarte, hatte ich auch überhaupt nicht gerechnet. Wirklich nicht. Nach dem optischen Luxus der Anlage direkt am Haus des Gnadenhofes konnte man sicherlich einige Kilometer entfernt keine Tierquälerei vermuten. Die Pferde waren klapperdünn. Ihre Körper schienen regelrecht ausgemergelt und ausgezehrt. Solch verhungerte Pferde nannte ich gedanklich „Äthiopier“. Rippige und knochige Gestalten der übelsten Art, erwarteten uns hinter dem Weidetor. Zombiepferde! Solch armen Kreaturen war ich zuvor in meinem Leben nicht begegnet. Viele Pferde habe ich gesehen in meinem Leben. Dünne

Pferde, kranke Pferde, alte Pferde und Pferde in schlechtem
Zustand. Die Pferde, die ich an dem Tag auf der Weide sah,
auf der ich Classic Star abholen wollte, übertrafen alles je
Dagewesene an meinen zuvor gesehenen Grausamkeiten.
Beim Näherkommen der Pferde erschrak ich innerlich zutiefst.
Sprachlos war ich. Entsetzt. Auf der Weide befand sich
sicherlich nicht mein Classic Star. Wir waren am falschen Ort,
auf dem verkehrten Hof und gleich würden wir zusätzlich ein
falsches Pferd untergejubelt bekommen. Der Hofbetreiber, der
uns zu den Weiden geführt hatte, bemerkte natürlich schnell,
dass wir die Situation vor Ort genau erkannt hatten und er
versuchte sich zu rechtfertigen. „Die Pferde sind alle schon
sehr alt!" Der Schimmel ist der Jüngste, deshalb sehen die
auch alle so aus!" Was genau er mit der Aussage, „deshalb
sehen die auch alle so aus", uns mitteilen wollte, weiß ich
nicht. In dem Moment wusste ich nur eines, kein Pferd, auch
kein altes, musste so erbärmlich aussehen wie die armseligen
Gestalten auf seiner Koppel! Die Pferde auf der abgefressenen
Koppel waren regelrecht verhungert. Keine Futterraufe stand
ihnen zur Verfügung, an der man ihnen zusätzlich hätte Heu
reichen können. Die Pferde hatten keinen Unterstand, unter
dem sie Schutz vor Wind, Regen, Sonne und lästigen Fliegen
hätten aufsuchen können. Die Pferde waren ihrem Schicksal
völlig wehr- und hilflos ausgeliefert. Wer von den Tieren nicht
stark genug in seiner Gesundheit war, musste verrecken.
Krepieren. Sterben. So einfach war das. Hilfe gab es für die
Pferde keine mehr. Endstation war das auf der Koppel. Ganz
klar. Von wegen Rente auf grünen Weiden im Sonnenschein.
Warten auf den Tod, traf es eher! Meine Vermutung, dass die
letzte Zeit niemand mehr nach den Pferden gesehen hatte,
sollte sich bald bestätigen. „Hier kommt nur noch der letzte
Wagen für die Viecher her", durchbrach der widerliche Typ
die traurige Stimmung. „Woanders geht von hier kein Pferd
mehr von der Koppel, als an den Schlachthaken!" Das wäre in
Ordnung gewesen, dass die Pferde von ihrem Rentenabteil
irgendwann ihren letzten Weg gingen, aber wie sollten sie

unter derartigen Bedingungen überleben? Wie sollte ein Pferd unter solch armseligen Gegebenheiten alt werden? Die Pferde gingen viel zu früh ins Jenseits, weil sie den Extrembelastungen, denen sie auf der Weide ausgesetzt waren, nicht standhalten konnten. Kein Unterstand, kein Futter außer dem wenigen Gras auf der Koppel und selbst das war längst abgefressen. Die Weide war blank. Meine Menschenkenntnis ist gut. Wer vor mir stand, wusste ich in dem Moment. Ein herzloser Menschen, den nichts interessierte außer „Geld"! Ein egoistisches Schwein. Drecksschwein. Sorry, aber der Ausdruck ist noch zu nett formuliert. Heute ärgere ich mich, dass ich dem Menschen meine Meinung nichts ins Gesicht gesagt habe. Kurz und ehrlich, direkt mitten in die Fresse rein, diesem…! Leider konnte ich gar nichts mehr sagen, mir hatte es völlig die Sprache verschlagen. Traurig war das mit den Pferden. Unendlich traurig. Auf dem Gnadenhof lebten Pferde, die ihr Leben lang für ihre Reiter um Medaillen, Geld, Autos, Ruhm und Anerkennung gekämpft hatten und warteten nunmehr abgeschoben in ihren letzten Tagen auf den sicheren Tod. Einen Kampf ums Überleben führten sie auf dem Weg dorthin. Welch ein grausames Schicksal?! Ein Sportpferd, das extra dafür gezüchtet wurde, dass es Hochleistungssportler wird, das kannst du nicht im Alter einfach auf die Weide „schmeißen" und sich selbst überlassen. Es wird sterben. Das ist wie mit einem Wolf, der zivilisiert, von Menschen aufgezogen und von ihnen abhängig ist. Den kannst du Jahre später auch nicht einfach wieder auswildern. So sehr musste ich mir die Tränen zurückhalten, als mir bewusst wurde, welches Bild des Grauens sich mir bot. Das nackte Grauen auf der Koppel des Todes. Banal, dass die Besitzer der Pferde dachten, ihre Lieblinge seien bestens versorgt und gut untergebracht. Gutgläubig, sie hätten ein schönes Rentnerdasein nach den Sportjahren auf den grünen Weiden in Pferdegesellschaft verbringen dürfen. Erholung ausleben, ein pferdegerechtes Leben führen nach dem Turnierstress. Ein Dankeschön an ihre vierbeinigen Partner sollte es werden, das war der Plan ihrer Reiter und Besitzer. Jedoch sicherlich nicht, dass die Pferde auf direktem Wege in der Hölle landeten. Da weißt du nicht, ob du Lachen oder Weinen sollst. Wirklich nicht. Mein Gott, war denn niemand mehr hergekommen und hatte nach seinen einstigen Lieblingen gesehen? Wenn es so gewesen wäre, dann hätte uns nicht solch ein trostloses Bild empfangen. Das durfte alles gar nicht wahr sein. Ein plötzlicher Albtraum, in dem ich mich als Hauptdarsteller wiederfand. An direkter Position neben Classic Star und all den anderen Pferden. Wie grausam. Den Besitzern der Pferde kann man vielleicht keinen Vorwurf machen. Immerhin konnten sie für den monatlichen Preis, den sie für den Unterhalt ihrer Pferde zahlten, erwarten, dass die Tiere eine bedarfsgerechte Versorgung erfuhren. Welch ein Irrtum. Ein Horror. Für die Pferde war die Unterkunft dort auf der Weide jedenfalls ein Zustand, der nicht annähernd akzeptabel war. Die Besitzer konnten das natürlich nicht wissen, wenn sie nicht mehr nach dem Rechten bei ihren Pferden sahen. Hätten sie ihre Lieblinge tatsächlich regelmäßig besucht, hätten sie die Zustände bemerken müssen. Es wäre aufgefallen. Heute denke ich, wahrscheinlich wäre es nicht einmal von ihnen so empfunden worden. Die Pferde waren immerhin alt und ausrangiert. Natürlich verlieren sie Muskulatur und altern schnell. Schneller, als wenn sie weiterhin hätten Leistung bringen müssen! Setzen wir unseren Opa, der jahrelang geschuftet hat, plötzlich auf die Bank in den Garten und verbieten ihm jeglichen Umgang mit seinem Werkzeug. Auch er wird ruck zuck altern, wenn nicht gleich sterben. So ist das im Leben. Die alten Menschen leben tatsächlich nicht mehr lange, wenn man ihnen ihre Aufgabe nimmt. Stellen wir uns die Frage, Mensch, eigentlich war Opa doch immer gesund, warum ist er denn plötzlich, als er seine verdiente Rente bekam, gestorben? Die Antwort liegt nahe, oder? Weil er keine Aufgabe mehr hatte. Sich niemand mehr um ihn kümmerte und er keine Verantwortung mehr in seinem Leben tragen durfte. Wir haben dem Opa all das, was er brauchte, um am Leben zu bleiben, genommen. Ohne böse Absicht natürlich. Wir wollten ihn ja nur entlasten und dabei nahmen wir ihm unbewusst den Sinn seines Lebens. Nämlich, dass auch er auf seine alten Tage noch zu etwas Nutze war. Nichts ist schlimmer als wenn sich Menschen nutzlos, ungeliebt und ungebraucht fühlen. Ich bin mir sicher nach 30 Jahren Pferdeerfahrung, dass es bei Pferden und Tieren generell genauso und nichts anderes ist. Dazu muss ich gar keinen direkten Kontakt zu Tieren haben. Jeder Mensch mit Herz und Verstand kann das nachempfinden. Jedenfalls, den Sportpferden auf der Rentnerkoppel ergeht es ähnlich dem Opa. Sie werden krank und altern schnell, sie verlieren die Lust am Leben. Pferdehalter sollten einkalkulieren, wenn sie ihre Sportgefährten ausrangieren, dass sie ihnen damit eigentlich keinen Gefallen tun. Mit dem einen oder anderen Pferd klappt das vielleicht, dass es mit dem ihm plötzlich völlig anderen Lebensumständen klarkommt. Selten habe ich jedoch gehört, dass ein wertvolles, erfolgreiches Sportpferd, welches im hohen Alter noch den Stall und Standort wechseln musste, viele Jahre danach gelebt hätte. Die starben meist alle schnell und plötzlich an Kolik oder sie verloren zügig Muskulatur und Fleisch. Damit wurden sie besonders anfällig für Krankheiten wie Lungenentzündung, Infekte jeglicher Art und Lahmheiten. Ein altes Pferd muss keinesfalls verhungert aussehen oder schnell altern. Wenn sie ordentlich gefüttert und sinnvoll beschäftigt werden, können sie durchaus noch ein langes Dasein auf Erden bei guter Gesundheit verbringen. Als ich Classic Star entdeckte, er stand abseits von den anderen Pferden, fand ich bei seinem Anblick keine klaren Gedanken mehr. An Worte, um noch irgendetwas zu sagen, war schon gar nicht mehr zu denken. Bei den anderen Pferden hatte es mir bereits die Sprache verschlagen, aber Classic Star hatte es ganz übel erwischt. Entsetzt sah ich zu meiner Freundin. Sie schüttelte wortlos und ungläubig den Kopf. Wahrscheinlich sollte es heißen, dass es keine Rettung mehr gab und ich den Traum von meinem Traumpferd begraben sollte. Mein Kopf war leer. So als hätte man mir mit der Zaunlatte eins übergezogen. Bämm! Ich erlitt einen Schock. Da stand es! Mein Traumpferd, Classic Star! Zum Anfassen nahe. Nur noch wenige Meter war er von mir entfernt. Mein wunderbarer Classic Star! Mich schüttelte es innerlich. Ein Stich fuhr mir mitten ins Herz. Es tat unheimlich weh. So sehr, als hätte man mir eine besonders scharfe Klinge hineingestoßen. Classic Star, da war er! Mein heißgeliebter Schimmel. Dieses Prachtpferd. Ein wundervolles Tier, stolz und kräftig, so hatte ich ihn in Erinnerung. Tränen schossen in meine Augen bei seinem Anblick. Klapperdürr, hängender Kopf, er bewegte sich nicht von der Stelle. Classic Star kam nicht näher. Das Pferd war wie versteinert. Keine Regung sah ich in dem Tier, keine Bewegung, er war bereits seelisch tot. Selbst auf ein leises Schnalzen hin hob Classic Star nicht einmal seinen Kopf. Er kam auch nicht mit den anderen Pferden zusammen zum Tor gelaufen. Entweder konnte er vor Schwäche gar nicht mehr laufen oder er hatte bereits mit allem um sich herum abgeschlossen. Ich vermutete beides. Meine Freundin und ich blickten uns entsetzt an. Niemand wusste etwas zu sagen. Die traurige Stille durchbrach letztendlich der Typ, der uns hergebracht hatte mit seinen kalten und herzlosen Worten: „Ich habe dem Besitzer schon gesagt, dass es nur noch einen Weg für dieses Pferd gibt! Nämlich den letzten! Ab zum Schlachter!" In dem Moment erinnerte ich mich an seine Frage am Telefon, was wir denn mit dem Pferd überhaupt noch machen wollten, es sei doch sowieso nicht mehr reitbar. Ja, er hatte recht gehabt. Obwohl, nein, er hatte sogar regelrecht untertrieben. Classic Star war gar nicht mehr lebensfähig. Der Typ hätte mir am Telefon eigentlich sagen müssen, dass Classic Star bald sterben würde. In den nächsten Tagen schon und ich mich beeilen musste, wenn ich ihn ein letztes Mal sehen wollte. Wenn der Mensch ehrlich gewesen wäre, hätte er das genau *"so"* sagen müssen. Ja! Classic Star war eindeutig fertig mit sich und der Welt. Meiner Meinung nach war bei ihm nichts mehr zu retten. Bei aller Tierliebe. Ich kam zu spät.

Einfach zum falschen Zeitpunkt am verkehrten Ort. „Wir
haben ihm die Fliegenmaske aufgesetzt, damit die Fliegen
nicht auch noch an sein gesundes Auge gehen, auf dem
anderen Auge ist er bereits blind! Er muss sich verletzt haben,
eines Tages stand er einfach so auf der Weide!“ Der Typ
redete meiner Meinung nach lauter wirres Zeugs oder ich hörte
gar nicht mehr richtig hin, ich weiß es nicht mehr. Zu dem
körperlich schlechten Zustand des Pferdes, der schlimm genug
war, kam noch hinzu, dass Classic Star ein Auge verloren
hatte. Ein 19 Jahre altes Pferd. Jahrelang war es im
Hochleistungssport unterwegs und nie krank. Kommt auf sein
Rentenabteil und verliert ein Auge! Was für eine abartige
Geschichte? Das passte für mich alles nicht zusammen. Viel
zu tragisch der Albtraum, in dem ich steckte. Herrgott noch
einmal. In welch einem schlechten Film war ich eigentlich
gelandet? Ich wollte doch nur mein Traumpferd abholen.
Meinen stolzen Schimmel, den mit dem Siegerblick im Auge.
Das Pferd, dem der Schelm im Nacken saß, meinen fröhlich
frechen Schimmel, den, der die besten Springpferde der Welt
besiegt hatte. Wo war der bitteschön? Sicherlich nicht auf der
Weide des Horrors zwischen all den seelisch und körperlich
toten Pferden! Augenmaske hin oder her. Was kam noch?
Vielleicht fehlte Classic Star ein Bein oder er hatte keine
Zähne mehr? Ein abgerissenes Ohr vielleicht? Die Pferde
waren total verhungert, reichte das nicht? Eine Augenmaske,
die hatte ich auf dem Kopf des Schimmels gesehen. Dass sich
unter ihr aber noch ein völlig kaputtes, ausgelaufenes Auge
befinden sollte, davon wusste ich nichts bis zu dem Zeitpunkt.
Der Reiter von Classic Star hatte mir erzählt, dass man ihn von
dem Gnadenhof aus benachrichtigt hätte, dass Classic Star sich
verletzt hatte und auf dem linken Auge blind war. Wir dachten
wahrscheinlich alle an eine Trübung im Auge. Eine
Augenverletzung, die konnte passieren, natürlich. Für mich
stellte das nicht unbedingt ein Problem dar. Die Blindheit auf
einem Auge sollte kein Hindernis sein, um das Pferd bei mir
aufzunehmen. Auch meine Tierliebe hätte das nicht

geschmälert. Warum hätte mich das hindern sollen, Classic Star nicht mehr zu mögen oder ihn nicht mehr zu akzeptieren? Es war ok für mich. Dass Classic Star allerdings sein linkes Auge komplett fehlte, davon hatte mir niemand etwas gesagt. Meine Sprache und ich fanden an dem Tag nicht mehr zueinander. Die Dramatik der Gegebenheiten hatte mich komplett überrannt. So viel Tragisches, Abartiges, Widerliches und Trauriges auf einen Haufen zusammen, das hatte ich die letzten Jahre nicht mehr erlebt. Wenigstens hatte man Classic Star eine Augenmaske übergezogen. Sehr fürsorglich, dass man Sorge getragen hatte, das gesunde Augen vor den Fliegen zu schützen. Damit der arme Kerl nicht irgendwann völlig blind durch die Gegend laufen musste. „Oh Gott, bitte hilf mir!" Ein Stoßgebet schickte ich zum Himmel. Meine Freundin, die sich Classic Star mittlerweile bis auf Schulterhöhe genähert hatte, während ich immer noch wie ohnmächtig am Tor stand, traute sich, einen kurzen Blick unter seine Maske zu werfen. Nach seinem Auge wollte sie sehen. Elena zog die Augenmaske vorsichtig einen Spalt nach oben. Im selben Moment hielt sie sich die Hand vor den Mund. Es war, als ob sie würgen musste.

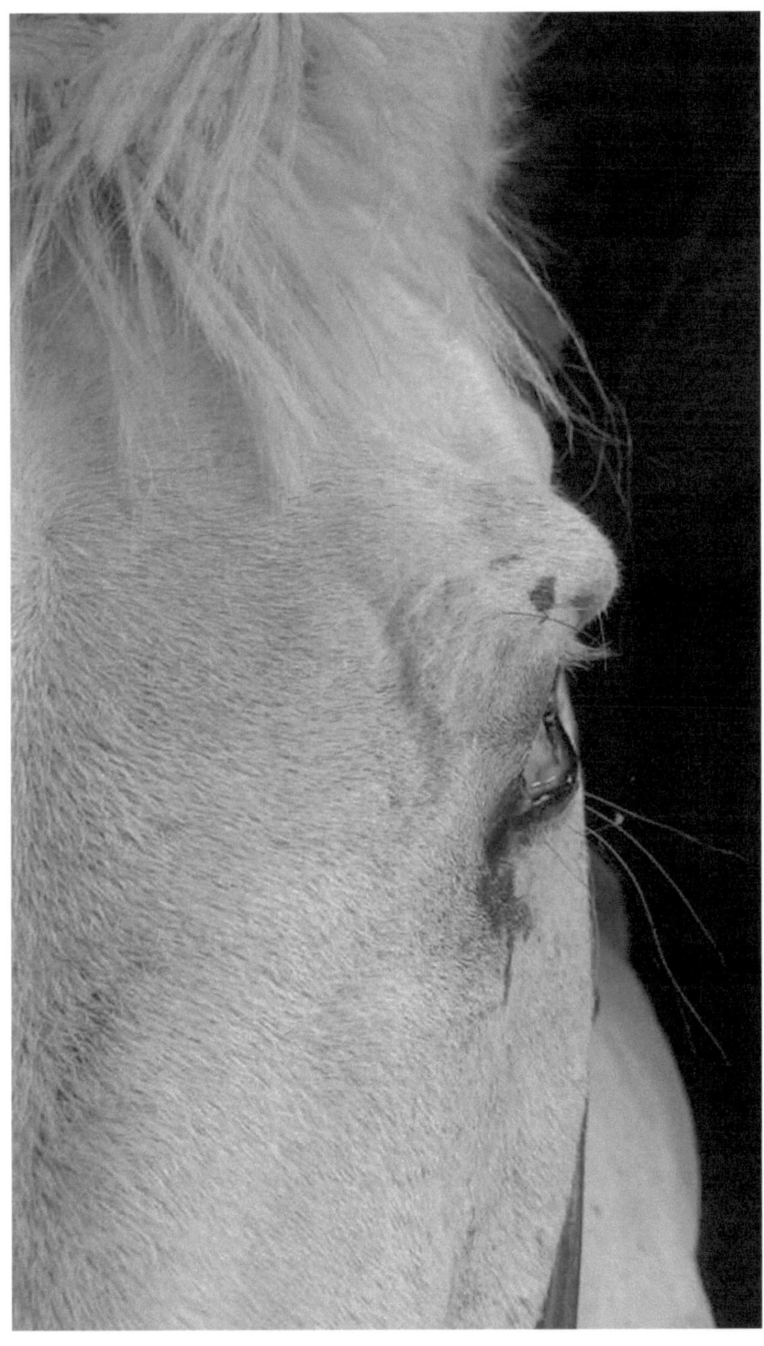

„Das willst du nicht wirklich sehen!" sagte sie fassungslos zu mir. Für einen kurzen Moment überlegte ich, mich ins Auto zu setzen und wieder zu fahren. Classic Star dort zu lassen, wo er war. Liebe hin, Liebe her. Dem nackten Grauen stand ich gegenüber und niemand konnte mich zwingen, mich dem kompletten Horror hinzugeben. Noch hatte ich die Wahl. Ich hätte fahren können. Jetzt! Abfahrt! Heute, einige Wochen später nach diesem Drama, denke ich noch immer an die Minuten zurück, in denen ich wirklich überlegt hatte, das Pferd mitzunehmen oder nicht. Ich schäme mich ein wenig meiner selbst, dass ich damals gezögert habe. Wie brutal das für Classic Star gewesen wäre, ihn dort zu lassen. Jedoch, wie brutal war für mich an dem Tag der Gedanke, ihn mitzunehmen. Wie sollte es weitergehen mit Classic Star? Sollte ich ihn von der Weide aus direkt zum Schlachter fahren? Das konnte nicht MEINE Aufgabe sein oder? Eine Situation, die ich erst einmal verdauen musste, um sie in ihrer Dramatik zu verstehen. Mein Traumpferd und ich standen uns gegenüber. Wir gehörten anscheinend tatsächlich zusammen. Das Schicksal hatte entschieden. Wir sollten uns wiedersehen. Wenn auch in einer sehr grausamen und auf den ersten Blick aussichtslos erscheinenden Situation. Classic Stars physischer sowie seelischer Zustand ließen mich vor Schock regelrecht erstarren. Unsere Wege kreuzten sich nach 4 Jahren erneut, auf einer Koppel des Albtraums. Wir träumten beide denselben Traum. Classic Star und ich. Ein Erwachen gab es vorerst nicht. Weder für das Pferd noch für mich. Völlig hilflos waren wir beide und bewegungsunfähig in unseren Regungen. Was sollte ich tun? Niemand konnte uns helfen. Eine Entscheidung musste ich treffen.
Für oder gegen Classic Star. Einen kurzen Moment lang fühlte es sich an, als hätte jemand die Erde angehalten und sie hörte auf, sich zu drehen. Plötzlich spürte ich nur noch Dunkelheit um mich herum. Stille, Angst und tiefste Traurigkeit in meinem Herzen. Es roch nach Tod und Sterben an dem Ort, an dem ich Classic Star begegnete. Im Krieg, wenn Soldaten nach

den Kämpfen von der Front heim dürfen, zurück zu ihren
Frauen und ihren Kindern. Die Männer, die in ihren Herzen als
gebrochene, traumatisierte, schwerstverletzte und fast
krepierende Gestalten "heimkehren", von denen hat sich
bestimmt die ein oder andere Frau gedacht, nee, das kann
nicht mein Mann sein...und wenn er es wirklich ist, diese
trostlose, dreckige und sterbende Gestalt, dann will ich ihn
vielleicht gar nicht mehr haben oder besser noch, ich kenne
ihn einfach nicht mehr. So banal sich das lesen mag, die
Gedankengänge schwirrten mir beim Anblick von Classic Star
im Kopf herum. Warum und wieso diese absurden Bilder vor
meinem inneren Auge abliefen, weiß ich nicht. Den Moment
des Wiedersehens zwischen dem Pferd und mir empfand ich
als äußerst brutal. Die Bilder der Kriegsgeschichte erklären,
wie schrecklich schwer mir die Entscheidung fiel, Classic Star
mitzunehmen und welches Ausmaß an Dramatik das Kapitel
unseres Wiedersehens für mich hatte!

Kriege und ihre Folgen…

Mein schlimmster Albtraum wurde zur bitteren Realität, in der
ich eine Entscheidung treffen musste. An dem Tag fühlte ich
den Tod sehr nahe bei mir. Er lauerte bereits auf der Weide
und wartete hämisch auf meine Entscheidung.
Gevatter Tod hätte das Pferd bald an sich gerissen. Das wusste
ich genau. Nahm ich das Pferd mit, würde Classic Star
wahrscheinlich ebenfalls sterben. Entweder auf dem Anhänger
oder später bei mir zuhause. War das eine bessere Lösung? Für
einen kleinen Moment keimte Hoffnung in mir auf, dass wir
vielleicht eine minimale Chance hatten. Skeptisch blickte ich
zu Classic Star. Das Pferd hatte sich noch immer nicht gerührt.
Nein, da gab es keine Hoffnung mehr. Es schien aussichtslos!
Mir schwirrten Gedanken durch den Kopf, als ich den Kampf
mit mir führte, Classic Star mitzunehmen oder ihn dort zu
lassen. Einige von ihnen behalte ich besser für mich. Sie sind
weitaus schlimmer, als die Bilder im Kopf der

Kriegsheimkehrer, das versichere ich Euch. Classic Star wird nie wieder reitbar sein, Anais! Er wird nie wieder springen können. Du musst Geld ohne Ende in ihn investieren, um ihm ein annehmbares Leben zu bieten. Bis aus Classic Star wieder annähernd ein Pferd geworden ist, bist du finanziell pleite! Classic Star ist fertig, Anais! Der Bolzenschuß wäre eine Erlösung für das Tier. Lass ihn hier! Er wird sterben. Du willst doch nicht zusehen, wie Classic Star stirbt oder? Du kannst nichts mehr für ihn tun. Es war die Stimme meines Verstandes. Sie versuchte, mich wachzurütteln. Die Stimme meines Herzens sprach eine andere Sprache. Nein! Mein Gewissen hielt mich davon ab, mich gegen das Pferd zu entscheiden. Wenn ich Classic Star nicht mitgenommen hätte, wäre er gestorben. Wenige Tage später hätte das seinen sicheren Tod bedeutet. Er war bereits halb verhungert und geschwächt durch die chronischen Schmerzen seines Auges. Verteidigen gegen die anderen Pferde, so kraftlos wie er bereits war, wäre für ihn unmöglich gewesen.
Ich konnte Classic Star doch nicht wissentlich sterben lassen. „Wir nehmen ihn mit!“ sagte ich entschieden und meine Freundin griff ohne zu zögern den sterbenden Schimmel am Halfter. Sie schien erleichtert, dass ich mich endlich entschieden hatte und vor allem, dass wir Classic Star mitnehmen wollten. Lieber sollte Classic Star bei mir zuhause in meinen Armen einschlafen dürfen, als hier alleine einen erbitterten Todeskampf zu führen. Sie zog den armen Kerl regelrecht hinter sich her zu unserem Pferdeanhänger. Classic Star bewegte sich nur sehr langsam und unwillig vorwärts. Er schwankte beim Laufen. Das Einsteigen in den Transporter verlief erstaunlich unproblematisch. Wenn ich ehrlich bin, hatte ich mit einer Katastrophe gerechnet. Dass er zusammenbricht, hinfällt oder auf dem Anhänger einen Herzschlag erleidet. Mir gingen tausend schreckliche Dinge durch den Kopf. Neben mir spürte ich den Tod in seiner unsichtbaren Gestalt. Lachend und ironisch hörte ich Gevatter Tod sprechen: „Dem Gaul wirst du nicht mehr helfen können,

du zögerst sein Ende nur unnötig hinaus! Aber ich begleite euch Anais und ich werde dich beobachten, denn den Kampf wirst du bald schon verlieren!“ Sich selbst im schlimmsten Albtraum zu begegnen und daraus die richtige Entscheidung zu treffen, ist brutal. Eine emotionale Erfahrung, die dich für den Rest deines Lebens prägt. Sehr schmerzlich. So schnell wie an dem Tag, hatte ich mein Auto mitsamt Anhänger, noch nie in Bewegung gesetzt. Bloß weg aus dem Horror, dachte ich. Niemals vergesse ich die Blicke der Pferde, die am Zaun der Koppel zurückblieben. Hätte ich sie doch nur alle mitnehmen können! Meine Freundin Elena und ich sprachen während der Fahrt kein Wort miteinander. Mit den Tränen kämpfte ich.

Ich glaube, sie auch. Tapfer versuchte ich, Haltung zu bewahren und meine Tränen zu unterdrücken. Irgendwann auf halber Fahrtstrecke fragte ich leise: "Meinst du nicht“, dass wir ihn erlösen sollten? Das ist doch alles nur Quälerei für Classic Star! Er wird wahrscheinlich sowieso sterben und ich kann es nicht einmal verhindern!“ Elena blickte mich entsetzt an. „Der schafft das schon! Wir bringen ihn sicherlich nicht zum Schlachter! Alles wird gut!“ Meine Freundin klang überzeugend. Ich war froh, dass sie an dem Tag mit dabei war. Alleine hätte ich das nervlich nicht durchgestanden. Wie es weitergehen sollte mit Classic Star, der hinten im Anhänger völlig regungslos stand, ich hatte keine Ahnung. Er muckste nicht ein einziges Mal während der Fahrt. Ehrlich gesagt wartete ich jede Minute auf den Knall und ein heftiges Rumsen hinten im Anhänger. Meine Sorge, dass Classic Star nicht einmal die Fahrt zu mir nach Hause überleben würde, war berechtigt. Was ging in dem armen Kerl vor sich? Dass Tiere fühlen, ist erwiesen. Mir tat er unendlich leid und ich fühlte mich ihm gegenüber hilflos. Ein sterbendes Pferd stand auf meinem Anhänger, das ich durch die Gegend kutschierte. Classic Star würde sterben und ich musste das irgendwie verhindern, wenn ich ihm nicht beim Sterben zusehen wollte. Wie sollte ich ihm helfen? Welch eine unlösbare Aufgabe!

Bewältigen kann man solch eine Tragik nur, wenn man Geld ohne Ende, Nerven wie Drahtseile und kein Gewissen hat. Wenn man ohne Mitgefühl und ohne Herz ist. Classic Stars Anblick mit dem Wissen, wie ernst es um ihn stand, zerriss meine Seele. Wie sehr hatte dieses Pferd gelitten? Wie würde Classic Star den zurückliegenden Horror seiner Erfahrungen aus den letzten Monaten verkraften? Wie verarbeiten Pferde derartige Erlebnisse? War Classic Star stark genug, sich nicht aufzugeben? Darüber kannst du als Mensch mit Herz nicht hinwegsehen und einfach gefühllos zur Tagesordnung übergehen. Also ich kann es nicht. Nach dem Motto, ach das wird schon wieder, das kriegen wir hin... Wir schaffen das! Ich dachte an die Bundeskanzlerin, bei dem Ausruf: Wir schaffen das! Wie lächerlich...nein, es ist durchaus nicht zum Lachen. Solch ein Erlebnis nimmt dich völlig mit. Es gleicht einem Tsunami, der über dich hinweg bläst und völlige Verwüstung hinterlässt. Eines war mir bewusst auf der Fahrt nach Hause. Ich musste Nerven bewahren die nächsten Tage, um alles durchstehen zu können. Viel Kraft brauchte ich. Aus meinem Bild des Traumpferdes war innerhalb kürzester Zeit eine wahrhaftige, beinahe abscheuliche Tragödie geworden. Ein Drama. Die Freude, endlich das Pferd wiederzusehen, auf das ich so lange gewartet hatte, um es besitzen zu dürfen, endete in blankem Entsetzen und Fassungslosigkeit. Welch ein Szenenwechsel des Lebens. Angst überkam mich. Was hatte ich mir eigentlich angetan und welch eine Aufgabe mutete ich mir zu? Konnte ich sie bewältigen? Vor mir lag ein Weg mit ungewissem Ausgang. Die einzige Begleitung am Rande des Weges waren nur die Traurigkeit in ihrer Ausweglosigkeit und Gevatter Tod, der uns beobachtete die nächsten Tage. Das Abladen von Classic Star aus dem Anhänger bei mir zuhause klappte ohne weitere Zwischenfälle. Erleichtert atmete ich tief durch. Meine Freundin Elena frisierte Classic Star gleich seine Mähne. Direkt noch, bevor dieser in die Box einziehen konnte. In aller Ruhe schnitt sie ihm die Mähne ab. Bisschen Comedy und satirische Züge hatte das schon. Sadistische? Nee,

satirische! Gut, sadistische vielleicht auch! ☺ Es munterte jedenfalls auf. Elena entschärfte auf humorvoll komische Art und Weise die Dramatik des Geschehens und nahm Geschwindigkeit aus ihrer Tragik. Ich musste tatsächlich schmunzeln und wir lachten beide. Ein sterbendes Pferd sollte zumindest die Haare schön haben. Die Haare hingen in seinem kaputten Auge, das musste Classic Star bestimmt stören. Elena hatte Nerven! Classic Star hatte an allen vier Beinen schlimmste Mauke, einen juckenden Hautausschlag. Die Hufe waren ausgebrochen und viel zu kurz. Am Schlimmsten fand ich jedoch seine Rippen und Knochen, die aus seinem ausgemergelten Körper überall deutlich herausstanden. Classic Stars kaputtes Auge konnte ich mir nicht genauer ansehen. Die Augenmaske nahm ich ihm vorerst nicht vom Kopf. An dem Tag hatte ich so viel Elend gesehen, mir reichte es. Mein Bedarf an Grausamkeiten war gedeckt und meine Nerven hatten ihr Ende erreicht. Nachdem Elena mich alleine ließ und nach Hause fuhr, hatte Classic Star also sein neues zuhause bei mir bezogen. Eigentlich hätte ich mich freuen müssen. Endlich war er bei mir! Mein geliebter Schimmel Classic Star, den ich mir all die Jahre so sehr gewünscht hatte, stand nun tatsächlich bei mir daheim. Prima...! Ich weinte. Die Tränen liefen von allein. Mir platzte regelrecht der Arsch, wenn ich es ehrlich sagen soll! Ich flüchtete panikartig ins Haus, setzte mich hin und heulte hemmungslos. Es brach aus mir heraus. Meine Nerven hielten dem Drama nicht mehr stand. Wen wundert das? Verständlich, oder? Da hatte ich mich so gefreut, endlich mein Traumpferd mit nach Hause nehmen zu können und was stand draußen in der Pferdebox? Das Leiden Christi. Schlimmer als das! Ein Pferd, das ich gar nicht ansehen mochte.
Weil sein Anblick grauenhaft und unwürdig war. Den Tierkadaverentsorgungs-LKW hätte ich bestimmt bald beauftragen müssen, um die armselige Gestalt von meinem Hof entsorgen zu lassen, weil für Classic Star jede Hilfe zu spät kam. ☹ Ganz ehrlich? Ich war kurz vor dem

Durchdrehen, als Classic Star bei mir zuhause in der Box stand. In mein Badezimmer lief ich und kotzte in die Toilette. Mir war schlecht, als hätte ich 3 Tage lang gesoffen. Ich kann es nicht besser wiedergeben. Es ist einfach nur verdammt ehrlich ausgesprochen! Verflucht sei das Schicksal des Lebens in seinen gemeinen Spielchen.

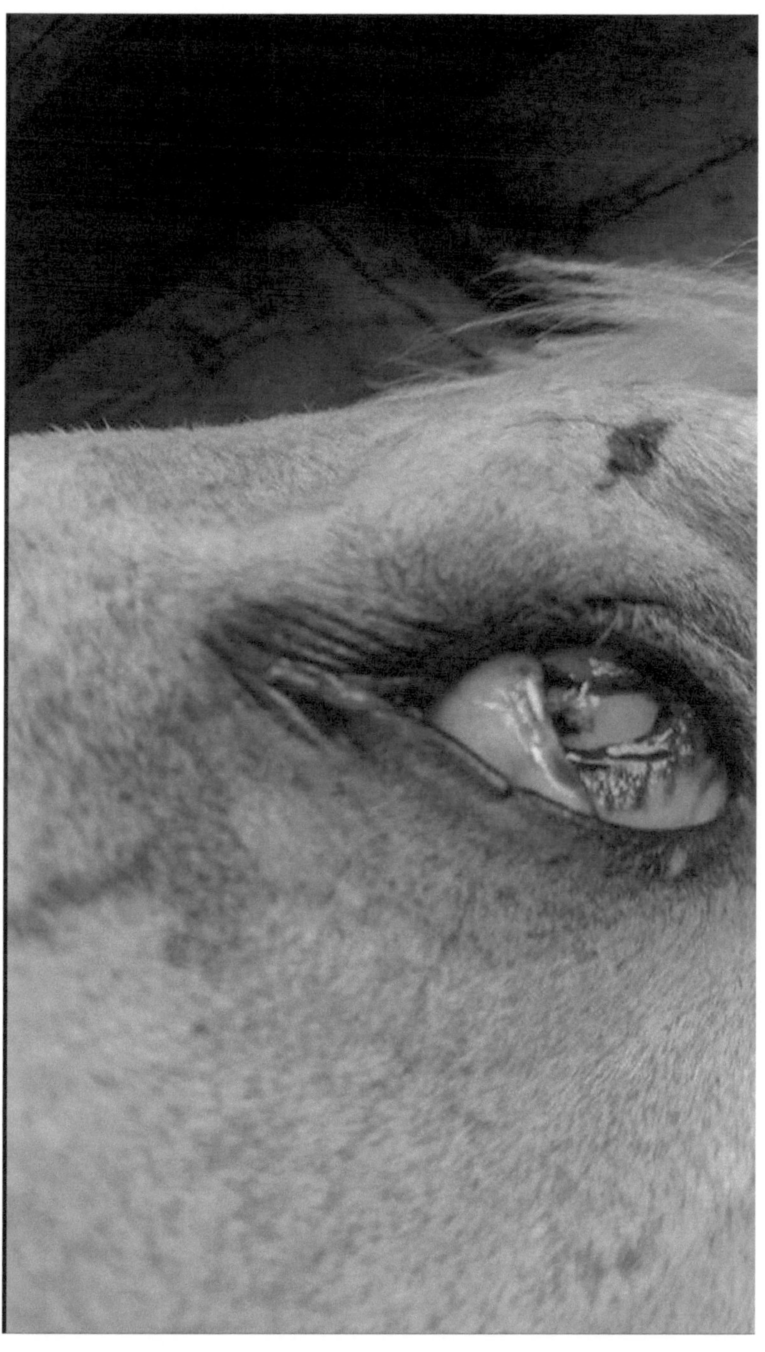

Du kannst ein Pferd nicht zwingen, etwas für Dich zu tun, Du kannst es lediglich darum bitten!

Meine Gedanken kreisten nur um eine bildliche Vorstellung. Nämlich, dass Classic Star die nächsten Tage nicht überleben würde. Definitiv glaubte ich, Classic Star wäre zeitnah gestorben und ich musste ihm dabei hilflos zusehen. Wenn dir solche Gedanken im Kopf schwirren, du heulst und kotzt dich zugrunde, gehst daran innerlich kaputt. Du siehst keinen Ausweg, das Drama aufzuhalten. Wie sollte ich dem Pferd helfen? Meinen Tierarzt anrufen?! Der hätte die Hände über dem Kopf zusammengeschlagen und mich gefragt, warum, wieso und weshalb ich mich solch einem Elend freiwillig hingeben wollte. Zum Teufel hätte er mich geschickt, gedanklich. Geld zu verdienen an einem toten Pferd, da hätte selbst er die Notbremse gezogen. So gut kennen wir beide uns. Wenn nichts mehr geht bei einem Tier, dann geht eben nichts mehr. Ende! Kopf ab oder überdosiertes Narkosemittel in die Venen jagen. Hätte mein Tierarzt Classic Star gesehen, ich bin mir sicher, aus tierschutzrechtlichen Gründen hätte er darauf bestanden, Classic Star einzuschläfern! Die Box, die Classic Star bei mir bezogen hatte, war die letzte der Außenboxen gegenüber von meinem Haus. Die größte und schönste, die es bei mir gab. Eine Abfohlbox eigentlich. Für eine Stute mit Fohlen. Nachdem Classic Star sein neues Zuhause inspiziert hatte, geschah etwas unglaublich Trauriges. Das werde ich in meinem Leben in der Geschichte um dieses Pferd niemals vergessen. Classic Star hatte sich neugierig umgesehen in seinem zuhause und sich orientiert. Im Trog warteten bereits extra Möhren auf ihn, eine große Portion Heu lag bereit und frisches Stroh war in der Box verteilt, damit alles weich gepolstert war. Das war selbstverständlich für mich. Von Herzen für ihn organisiert. Zu dem Zeitpunkt, als ich die Box hergerichtet hatte, konnte ich ja noch nicht ahnen, was mich später erwarten sollte. In dem Augenblick war ich noch ein glücklicher Mensch, voller Freude erwartete ich mein neues Pferd, das bald einziehen sollte! Ironie des Schicksals! Jedenfalls, nachdem Classic Star sich alles angesehen hatte, drückte er auf einmal seine Stirn gegen die Tür der Stallbox und verharrte in der Position einige Minuten lang.

Er seufzte tief.

Mir war, als wenn er geweint hätte!

Der traurige Anblick verfolgte mich tagelang. Mir fehlen an der Stelle die Worte und ich muss unterbrechen. Beim Schreiben der Zeilen und dem Hochladen des Fotos, auf dem

ihr sehen könnt, dass Classic Star tatsächlich geweint hat und
wie verzweifelt er war, gehe ich eine Runde heulen. Die Box
besitzt seitlich neben der Tür einen Holzpfosten, der das Dach
stützt. Classic Star schlug die ersten Tage permanent mit
seiner Kopfseite des kaputten Auges gegen den Pfosten, bis er
begriffen hatte, dass dort ein Hindernis war und er
ausweichen musste. Das tat mir in der Seele weh, zu sehen,
dass er sich tagelang den Kopf und das Auge an dem Pfosten
anschlug. Auspolstern wollte ich den verdammten Holzbalken!
Das waren die kleinen zusätzlichen Tücken unseres Alltags im
Leben mit Classic Star. An dem Abend, als Classic Star bei
mir zuhause eingezogen war, zündete ich eine Kerze an. Für
uns beide. Ich glaube schon, dass wir ein kleines Wunder
brauchten. Ging ich morgens hinaus, um die Pferde zu füttern,
konnte ich seine Box nicht sofort einsehen. Sie lag
augenscheinlich etwas verdeckt. Angst hatte ich. Tag für Tag
und Morgen für Morgen. Hatte Classic Star die Nacht
überlebt? War er stark genug, weiterhin durchzuhalten oder
hatte seine geschundene Seele in der dunklen Nacht bereits
den Weg nach Hause angetreten? Heimwärts auf die
immergrünen Weiden? In das Land der Regenbogenbrücke.
Leise und mit stockendem Atem rief ich seinen Namen.
Bitte lieber Gott, lass ihn über den Rand seiner Stalltür
hinausschauen und nicht starr und zusammengefallen im Stroh
liegen! Bitte! Diese Gedanken und ähnliche begleiteten mich
tagtäglich. Grausam, was ich durchleben musste. Morgens,
wenn ich das Haus verließ, um die Pferde zu füttern, dachte
ich oftmals, Classic Star hatte die Nacht nicht überlebt und er
lag wahrscheinlich bereits tot in seiner Box. Manchmal
näherte ich mich seiner Box wirklich nur mit größter Angst
und Vorsicht. Aber, Classic Star war all die Tage munter und
wieherte mir freudig entgegen. Hunger hatte er. Richtig
Randale schob er morgens, wenn es ihm nicht schnell genug
ging. Immer wollte er der erste sein, der sein Futter bekam.

Zum Lachen sein Anblick...

Ein kleines Häufchen Elend, das aussah wie der
Suppenkasper, konnte ein riesengroßes Spektakel veranstalten,
wenn es ums Fressen ging. Classic Star hatte kaum Kraft, sich
auf den Beinen zu halten, aber einen „Aufstand", den bekam
er lautstark hin. Irgendwann gab ich mir einen Ruck. Es
musste weitergehen. Entschlossen wischte ich meine Tränen
beiseite und sagte mir, dass ich bereits war zu kämpfen. Für
Classic Star. Ein Stoßgebet schickte ich zum Himmel. „Lieber
Gott", lass Classic Star bitte mithelfen! Gib ihm die Kraft,
dass er den Willen hat, zu überleben, bitte! Hilf uns!" Mir war
klar, Classic Star und ich mussten uns die nächsten Tage
zusammenraufen. Notgedrungen miteinander klarkommen.
Classic Star ansehen und ihn betrachten, konnte ich vorerst aus
Schamgefühl leider nicht. Sein Auge mochte ich partout nicht
betrachten. Seinen geschundenen Körper ebenfalls nicht. Von
dem einst athletischen Pferd war nichts mehr erkennbar. Sein
linkes Auge, der Glaskörper war völlig verschwunden.
Ausgelaufen. Etwas Grausames in der Art, hatte ich nie zuvor
in meinem Leben gesehen. Ein leeres Auge. Offenes,
freiliegendes Gewebe! Rohes Fleisch! Wie lange er damit
wohl schon rumgelaufen war? Was für schlimme Schmerzen
er ertragen musste?! Unvorstellbar, die Grausamkeit der
Menschen. Nichts zu unternehmen. Regungslos zuzusehen,
wie ein Tier stirbt. Ein Tier, welches sie in Obhut genommen
und dafür Geld kassiert haben. Das finde ich an der Geschichte
das Schlimmste überhaupt! Wenn Tiere dem Menschen hilflos
ausgeliefert sind. Es passiert überall auf der Welt, tagtäglich.
Die wenigsten Menschen schauen genauer hin. Meistens
geschieht es aus Ohnmacht und Hilflosigkeit. Manchmal auch
aus reinem Nichtwissen. Der Stallbetreiber war vielleicht
einfach nur "Betriebsblind". Beim besten Willen kann ich
nicht glauben, dass ein Mensch wissentlich Tiere zugrunde
gehen lässt. Im Menschen suche ich eigentlich stets das Gute.
Ich glaube an Menschen und an das Gute in ihnen. Der
jämmerliche Anblick von Classic Star ließ mich jedoch
erstmals zweifeln. Eine Freundin, der ich vor einigen Tagen

stolz erzählt hatte, dass ich endlich mein Traumpferd abholen durfte, bevor ich ahnen konnte, in welchem Zustand Classic Star mittlerweile war, wollte mein „Superpferd" natürlich gern besuchen kommen. Bei mir daheim. Mein Gott hatte ich mich mit Ausreden gewunden und vor ihr rumgedruckst, um den Besuch unter allen Umständen zu verhindern. An der Stelle bitte ein "sorry" aber es ging nicht, unmöglich. Mir fehlte die Kraft, mich den Fragen und der Diskussion zu stellen. Ungelogen, ich stand einige Tage unter regelrechtem Schock und agierte nur roboterhaft. Notgedrungen funktionierte ich in meinem Alltag. Wurschtelte mit allem planlos vor mich hin. Classic Stars Zustand hatte bei mir eingeschlagen wie eine Bombe und mein Herz zerfetzt. Es herrschte pures Gefühlschaos bei mir! Gottseidank hatte Classic Star einen regen Appetit. Er fraß alles, was er kriegen konnte. Natürlich mussten wir die Sache langsam angehen. Sein Magen/Darmtrakt sollte sich erst einmal wieder auf feste Nahrung einstellen. Nur das Beste kaufte ich für ihn. Durch sämtliche Raiffeisenläden und Futtermittelkataloge wühlte ich mich. Besorgte alles, womit ich glaubte, ihn schnell zu Kräften bringen zu können. Oldie Mix, Mash, um eine Darm - Kur anrühren zu können, Luzerne und Heu von bester Qualität. Als ich den Einkaufwagen durch die Gänge schob, konnte ich nicht einmal mehr die Richtung erkennen, in die ich fuhr, so vollgepackt hatte ich den Wagen mit den speziellen Futtersäcken und Zusatzfuttermittelchen. Die Kassiererin hatte mich an dem Tag schon ein bissel merkwürdig angesehen. Für mich war es beschlossene Sache, Classic Star, sobald er stabiler im Allgemeinzustand war, in die Tierklinik zu bringen. Unbedingt. Sein kaputtes Auge musste operativ entfernt werden. Wenn Classic Star leben sollte, war dies der wichtigste Schritt! Dazu brauchte ich nicht einmal die Meinung eines Tierarztes. Das Auge musste raus und zwar schnell, um dem Pferd die chronischen Schmerzen zu nehmen. In dem Zustand hatte Classic Star keine Chance mehr auf ausreichende Lebensqualität. Zwei Wochen Zeit wollte ich

ihm Zeit geben, um zu regenerieren und zu Kräften zu
kommen. Der Op Termin war bereits mit der Klinik
ausgemacht. Alleine war ich mit all meinen Entscheidungen,
die ich treffen musste. Alleine mit den Fortschritten, sowohl
mit den Rückschlägen in der Geschichte um Classic Star. Es
gab niemanden, der mir zur Seite gestanden hätte. Manchmal
war mir nach ausheulen zumute oder einfach nach einer
Schulter zum Anlehnen, aber es gab für mich niemanden, der
mir seine gereicht hätte. Alleine mit Classic Star kämpfte ich
mich tapfer durch unser trauriges Schicksal. Beängstigend
fand ich die Situation, in der ich steckte. An manchen Tagen
hätte ich am liebsten alles hingeschmissen. Vor Wut! Eine
Geschichte, die sehr hart im Umfang ihres Schicksals an
meine Adresse ausgeteilt hatte, musste ich einstecken. Sowohl
für das Pferd als auch für mich waren die Tage am Anfang des
Weges sehr bitter. Betrogen in meiner Freude über den Besitz
des Pferdes, fühlte ich mich. Vom Leben verarscht. Vielleicht
ist das dem ein oder anderen von Euch einmal ähnlich
ergangen und beim Lesen meiner Zeilen könnt ihr
nachvollziehen, wie ich mich gefühlt habe. Classic Star war in
gewissem Sinne ebenfalls vom Schicksal betrogen worden.
Um seine verdiente Rente auf den grünen Weiden, die er in
friedlichem Galopp hinein in den Sonnenuntergang genießen
sollte. Nach all den Erfolgen und seinen erbrachten
Leistungen, hätte ihm die Rente im Sonnenschein
zugestanden. Seine fabelhafte Einstellung, immer sein Bestes
für den Reiter geben zu wollen, verdiente das Beste für dieses
Pferd. Classic Star hatte es bekommen sollen, das Beste. Ja!
Sein Besitzer, der Reiter, alle dachten, sie hätten das richtige
für den Schimmelwallach entschieden. Warum ging der
gutgemeinte Plan von ihnen eigentlich so völlig daneben? Mir
fehlte die Erklärung für des Rätsels Lösung. Ebenfalls suchte
ich nach einer Antwort, warum Classic Star und ich uns noch
einmal begegnet waren in diesem Leben. Warum bin ich es?
Warum bin ich der einzige Mensch in der Geschichte, der
Classic Star noch etwas Gutes tun kann auf seine alten Tage?

Jetzt und in seiner Zukunft? Warum ausgerechnet ich? Ist es
die Liebe, die den seltsamen Weg des Lebens geht und am
Schicksal dreht? Bestimmt ist es so! Und es ist ok! Du hast
dich entschieden, Anais! Also gehe bitte den Weg! Auch wenn
ich stolperte und hinfiel in den letzten Wochen, stand ich doch
immer wieder auf. Niemals hätte ich einen Rückzieher
gemacht! Hätte ich Classic Star an dem Tag **nicht** mit zu mir
nach Hause genommen, er wäre gestorben. Die Tatsache hielt
ich mir immer wieder vor Augen. Tag für Tag. Sie trieb mich
voran. Ich hatte Classic Star das Leben gerettet und das war
wundervoll. „Auch wenn Tonnen Tränen entgegenkommen!"
wie Frida Gold so schön singt. Meine Freundin Elena war
leider direkt, nachdem wir Classic Star zusammen abgeholt
hatten, in den Urlaub geflogen. Also, auch sie konnte mir nicht
beistehen. Den früheren Besitzer von Classic Star hatte ich
über den katastrophalen Zustand des Pferdes in Kenntnis
gesetzt. Bilder hatte ich ihm geschickt. Natürlich war er
ebenfalls völlig entsetzt und zutiefst schockiert. Anhand der
Tatsache, Classic Star eine kostspielige Operation benötigte,
schenkte er mir das Pferd und verzichtete auf den
ausgemachten Kaufpreis. Darüber konnte ich nur schwach
lächeln. Was zählte das in unserer Situation? Die anstehende
Operation würde mich mehrere hundert Euro kosten, wenn
nicht sogar tausende. Falls es Komplikationen gab und die
musste ich notgedrungen mit einplanen, hätte das meinen
finanziellen Ruin bedeutet. Die Kosten der Nachbehandlung
musste ich auch mit einkalkulieren. Finanziell glich Classic
Star einem Fass ohne Boden. Sein Zustand verbesserte sich
jedoch von Tag zu Tag. Dass er Schmerzen hatte, gut, das sah
man ihm an. Die konnten ihm auch nur die bevorstehende
Augenoperation nehmen. Classic Star ging großartig mit
seiner schmerzvollen Situation um. Das Pferd hatte meinen
größten Respekt für die Tapferkeit, mit der er sein Schicksal
ertrug. Classic Star jammerte nicht. Sich hängenlassen, gab es
nicht für den Schimmel. Ein Kämpfer war er! Vielleicht hatte
er es für mich getan, weil er merkte, dass ich ihm helfen

wollte. Woher nahm das Pferd die Kraft, immer wieder aufzustehen? Tag für Tag? Classic Star kämpfte um sein Überleben. Was trieb ihn an? Ohne Mucken schluckte er die Wurmkur, das ekelhafte Pulver für seine Darmsanierung, ließ den Hufschmied über sich ergehen, obwohl er kaum stehen konnte, wenn er einen seiner Füße hochhalten sollte. Classic Star folgte mir. Wohin ich ihn auch führte, er vertraute mir blind. Eine wunderbare Freundschaft war zwischen uns entstanden. Beobachtete ich Classic Star auf der Weide, fand ich es faszinierend, wie wundervoll der Schimmel mit seinem Schicksal, nur noch auf einem Auge sehen zu können, umging. Ziemlich schnell hatte er kapiert, dass die Weide durch einen Elektrozaun begrenzt war, auch wenn dieser auf seiner blinden Seite lag, nahm er den Zaun als Hindernis wahr. Zu meinen anderen Pferden war er stets freundlich, wieherte ihnen entgegen. Mit meinem Wallach "Quick" verstand er sich gleich vom ersten Tag an. Stundenlang saß ich in der Sonne und beobachtete Classic Star und die anderen Pferde, wie sie miteinander agierten. Classic Stars Bewegungen, sein Umgang mit „Quick" und die Art, wie die zwei Pferde miteinander kommunizierten, faszinierten mich. Quick hatte schnell bemerkt, dass Classic Star sich anders verhielt, als ein gesundes Pferd. Näherte sich Quick von links, also der blinden Seite Classic Star`s, bekam er von diesem gleich eine „getafelt". Quick mied es ab sofort, sich Classic Star von links zu nähern. Die Tiere lernten unheimlich schnell, sich zu respektieren und gegenseitig zu achten. Wirkte Classic Star unzufrieden? Oder unglücklich? Gar schmerzvoll? Sein äußerlicher Zustand war immer noch besorgniserregend. Jedoch sah ich keinen Grund, Classic Star zu erlösen. Er schien lebensfroh und zufrieden. Ein Kämpfer, der sich nicht unterkriegen ließ. Die Idylle zwischen Quick und Classic Star wurde jäh unterbrochen, als meine Stute Alana ins Spiel kam. Die Stute rosste fleißig direkt vor den Nasen der beiden Herren. Alana hatte die Wahl, "Black" or "White". Alana entschied sich wohl für Black (Quick) und Classic Star rastete völlig aus. Richtig wild wurde das halbtote Pferd. Das konnte er überhaupt nicht hinnehmen, dass die Augen der hübschen Stute Alana nicht ihm galten. Classic Star hatte scheinbar vergessen, in welch optisch schlechtem Zustand er sich befand. Er war leider zurzeit nicht wirklich heiratskompatibel. Das war sogar Alana aufgefallen, denn sie bevorzugte eindeutig Quick. In den nächsten Tagen ging Classic Star nur noch alleine, getrennt von Quick auf die Weide. Das war mir einfach zu gefährlich, dass sich die beiden Rivalen gegenseitig getreten hätten. Classic Star wurde plötzlich regelrecht hengstig und aufmüpfig. Quick hätte er vermöbelt aus seiner verletzten Ehre heraus, wenn er die Möglichkeit bekommen hätte. Das Verhalten des Pferdes wurde gefährlich. Die Gefahr muss man als „Leittier Mensch" richtig einschätzen, wenn man es mit verschiedenen Pferdepersönlichkeiten zu tun hat. Die Pferde einfach zusammengewürfelt auf die Koppel zu stellen mit einer rossigen Stute in der Nähe, hätte schwerwiegende Folgen für eines der Pferde haben können. Das fast bösartige Verhalten von Classic Star machte mich jedoch unheimlich glücklich. Es zeigte mir, dass das Pferd eher an einer Bedeckung meiner Stute Alana interessiert war und um ihre Gunst zu erlangen, er sogar bereit war, einen Kampf auf sich zu nehmen, als den „Löffel" abzugeben. Ich atmete durch. Classic Star war auf einem guten Weg. Auch wenn seine körperliche Hülle das noch nicht vermuten ließ. Sein Wille war stark. Er wollte leben und das war gut! In kleinen, langsamen Schritten versuchte ich, Classic Star zu „zivilisieren" und „sozialisieren". Das Zulassen der Bürste auf seinem Fell musste er neu erlernen. Anfänglich war er unsicher und ziemlich kitzelig obendrein. Wenn ihn die Bürste zu sehr ärgerte, hob er drohend ein Hinterbein in meine Richtung. Classic Star zeigte mir deutlich, wie weit ich gehen durfte. Wir lernten voneinander. Man muss bedenken, Classic Star war seit über einem Jahr dem Menschen völlig entfremdet. Er hatte keinen Sozialkontakt zu den Menschen gehabt. Erinnern musste ich ihn an gewisse Dinge, die er einst gelernt, aber auch wieder vergessen hatte. Die Situation der Blindheit auf seinem Auge machte es nicht unbedingt leicht für mich. Jedoch war ich geduldig mit Classic Star. Wenn etwas an einem Tag nicht sofort klappte, dann probierten wir es einfach am nächsten nochmal. Mir war bewusst, dass sich das Pferd neu orientieren und körperlich ausrichten musste, um zu verstehen, dass es mir vertrauen konnte. Vertrauen war das Wort, das uns mit der Zeit zum gewünschten Erfolg bringen würde. Oftmals vergaß ich, dass Classic Star mich nicht sehen konnte, wenn ich mich ihm von seiner blinden Seite näherte. Anfangs konnte es passieren, dass er einfach nach mir ausschlug. Sicherlich wollte er mich nicht böswillig treten oder gar verletzen. Seine Reaktion koppelte ich mit der Erfahrung, die er auf der Weide mit den anderen Pferden gemacht hatte, kurz nach seiner Erblindung. Dort hatte er sich zur Wehr setzen müssen gegen einen Feind, den er nicht sehen konnte. Was sollte er anderes tun, als nach ihm zu treten, um sich zu verteidigen? Da ich um die Gefahr wusste, dass er mich verletzen konnte, versuchte ich seine Schwachstellen zu schonen um mich somit vor seinen Attacken zu schützen. Ich versuchte, ihm die Arbeit mit mir zu erleichtern, so gut ich konnte. Das bedeutete für mich, sich ihm immer von rechts nähern, falls doch von links, ihn vorher unbedingt anzusprechen. Wir beide lernten viel voneinander. Selbst sein krankes Auge bereitete mir irgendwann keine Probleme mehr. Die lästige Maske über seinem Kopf hatte ich ihm längst ausgezogen. An den Anblick des leeren Auges hatte ich mich gewöhnt. Selbst den Schleim und die Tränen konnte ich Classic Star mittlerweile aus dem kaputten Auge wischen, ohne erbrechen zu müssen. Welch ein Fortschritt. Noch vor einigen wenigen Tagen hatte ich das blinde Auge nicht einmal ansehen können. Classic Star koppt. Besonders gern nach dem Fressen. Blöde Angewohnheit ist das Koppen bereits bei einem gesunden Pferd. Es dient dem Stressabbau. Oh mein Gott, ich bewundere Classic Star seine koppende Ausdauer. Manchmal geht das die ganze Nacht hindurch. Mit den Zähnen

setzt er auf den Rand der Eisentür auf, zieht Luft an, schluckt
diese und rülpst dabei. Solange ich das Geräusch der Eisentür
hörte, sie klappert unüberhörbar, wenn Classic Star an ihr
koppt, weiß ich, alles ist gut, Classic Star lebt, er ist wohlauf.
Eines Nachts rief mich meine Nachbarin an und fragte, ob sich
eines der Pferde in der Box festgelegt hätte, es würde immer
so laut „scheppern" draußen. Classic Star koppte anfänglich
besonders viel, weil er den Stress der Schmerzen verarbeiten
musste, glaube ich. Den Tag der Operation sehnte ich herbei,
um dem Pferd endlich die Qualen zu nehmen und den damit
verbundenen Stress, den seine Schmerzen verursachten. Der
tägliche Umgang mit Classic Star musste genau geplant und
organisiert sein. Stress wollte ich für ihn unbedingt vermeiden
und das war nicht immer einfach. Er regte sich unheimlich auf,
wenn die anderen Pferde draußen waren und er im Stall
bleiben sollte. Nachdem er die Bekanntschaft mit „Alana"
gemacht hatte, galoppierte er nur noch wie ein Irrer auf der
Weide herum. Weil er nicht zu Alana auf das Weideabteil
durfte. Der Stress war Gift für seinen geschundenen
Gesundheitszustand. Das Gewicht, das ich Classic Star
mühevoll auf seine Rippen gefüttert hatte, trainierte er sich bei
seinen wilden Galoppeinheiten sofort wieder runter. Seine
Hufe litten bei den Stopps und westernartigen Drehungen aus
vollem Tempo, die er vollführte, natürlich extrem. Sie waren
sowieso bis auf die Hufsohle abgelaufen und hinfällig. Wir
mussten auf den Hufschmied warten, der uns leider pausenlos
versetzte. Wenn dieser sofort wie vereinbart gekommen wäre,
hätten wir dem Schimmel noch Eisen unter seine Hufe nageln
können. Dank der Unzuverlässigkeit des Schmieds waren die
Hufe des Pferdes mittlerweile nur noch eine einzige
Katastrophe. Mit den Hufen konnte ich Classic Star das
Laufen auf der Weide nicht mehr zumuten. Die Hufe waren
gesplittert und völlig ausgebrochen. Nachdem ich einen
anderen Schmied beauftragt hatte und dieser ihm die Hufe
dann nur noch leicht feilen konnte, weil gar kein Horn mehr
zum Schneiden vorhanden war, hieß es, das Pferd bliebe

besser im Stall, sonst wäre der arme Kerl irgendwann nicht nur auf einem Auge blind, sondern auch noch völlig lahm gewesen. Besiegten Classic Star und ich erfolgreich ein Problem, verloren wir zeitgleich an einer anderen Front den Kampf gegen ein anderes. Eine derartige Erfahrung nimmt dir jede Menge Motivation. Dennoch, ich gab nicht auf! Mit Menschen hatte Classic Star wie gesagt, seit über einem Jahr keinen Kontakt mehr gehabt. Somit war er völlig menschenentfremdet. Dazu blind auf einem Auge. Mit der neuen Situation musste er für sich selbst anfänglich erst einmal klar kommen. Auf der Weide, dort wo er zuletzt zuhause war, hatte er sich ordentlich behaupten müssen gegen die anderen Pferde, die ihn sicherlich böse attackiert hatten. Das zeigten seine ganzen Macken und Bisswunden, mit denen sein Körper übersät war. Dass *ich* weder sein Feind war, noch ihm etwas Böses wollte, das hatte Classic Star schnell verstanden. Mit der Zeit, in der wir uns langsam aneinander gewöhnten, wurde unser Verhältnis eindeutig besser. Classic Star zeigte mir, dass er bereit war, mitzuarbeiten. Oft stupste er mich mit seinem Kopf freundschaftlich an, als wollte er sich entschuldigen dafür, dass er mich mal wieder äußerst unsanft und achtlos zur Seite geschubst hatte oder aber mir auf den Fuß getreten war, weil er mich einfach zu spät wahrgenommen hatte. Manchmal rannte er mich einfach gnadenlos um. Meistens, wenn ich ihn abends von der Koppel reinholte. Dann ging es ihm nicht schnell genug, um an sein Futter in der Box zu kommen. Meiner Tochter, die einige Male mit ihm spazieren ging, trat er permanent auf ihre Füße. Sie weinte oftmals und sagte, dass sie mit Classic Star nicht mehr spazieren gehen wollte. Dabei meinte Classic Star das alles gar nicht böse. Er musste einfach neu lernen, dass er trotz seiner Behinderung sich dem Menschen gegenüber respektvoll zu verhalten hatte. Der tägliche Umgang mit Classic Star war anfangs nicht einfach. Dennoch, meine Liebe zu ihm saß tief. Ich verzieh ihm alles. Das auf die Füße treten und Umrennen meiner Person, dass er permanent das Bein drohend nach mir hob, wenn ihm etwas nicht gefiel, ich nahm's gelassen. Das Band, mit dem wir zwei verbunden waren, war von Anfang an erstaunlich stark. Auch wenn mir der trostlose Anblick seiner mickrigen Gestalt immer noch Tränen in die Augen trieb und mich sein rüpelhaftes Verhalten gleichzeitig wütend machte. Man konnte Classic Star nicht böse sein. Viele meiner Freunde sagten anerkennend, dass Classic Star sich unheimlich schnell und äußerst toll entwickelt hätte in meiner Obhut. Gut, sie sahen das Pferd nicht jeden Tag, so wie ich. Mir fielen die Fortschritte einfach nicht mehr so sehr ins Auge. Als Elena aus dem Urlaub heimkehrte, war sie angenehm überrascht, wie toll Classic Star sich in der Zeit ihrer Abwesenheit bereits entwickelt hatte. Ihrer Aussage schenkte ich Glauben. Immerhin kannte sie Classic Star vom ersten Tag an unserer Geschichte und hatte ihn knapp 2 Wochen lang nicht mehr gesehen. Zu dem Zeitpunkt, als Elena aus dem Urlaub kam, war ich bereits sehr glücklich, dass Classic Star endlich „Mein Pferd" war. Glücklich, dass wir zusammen sein durften. Jeden neuen Tag, den ich mit Classic Star erleben durfte, genoss ich als ein Geschenk des Himmels. Dankbarkeit machte sich in mir breit. Ich spürte, das Pferd und ich, wir waren auf einem guten Weg. Es ging bergauf. Classic Star war so dankbar im Grunde seines Herzens. Durch kleine Gesten zeigte er uns das immer wieder. Als Elena mit ihm spazieren ging, ist das Foto hier entstanden, ich finde, das Bild sagt mehr als tausend Worte:

Oftmals stöberte ich im Internet in Classic Stars alten Fotos aus vergangenen Turnierzeiten und las seine ehemaligen Erfolgsberichte. Welch ein prachtvolles Pferd war er doch zu seinen Zeiten in der Welt der bunten Hindernisstangen gewesen. Ein Profi, ein Spezialist, ein Könner. Endlos lang ist die Reihe der Worte, die seine Qualitäten in vergangenen Zeiten wiederspiegeln und sie beschreiben könnten. Ein Jammer, was aus dem einstigen Superstar heute geworden ist, wirklich! Manchmal sah ich Classic Star in meinen Tagträumen mit mir im Sattel durch den Parcours *fliegen*. Kein Hindernis war uns zu hoch, niemand hätte uns aufhalten können. Aufhalten auf dem Weg zum Sieg. Wie schön, wenn das Kind im Menschen wieder durchkommt. Träume sind sehr wichtig und man sollte versuchen, sie zu leben. Natürlich erzählte ich Classic Star von meinen Träumen. Fragte ihn, ob er sich vorstellen konnte, mit mir zusammen, wir zwei als die völlig die gehandicapten Chaoten, unterwegs im Springparcours über die Sprünge zu fliegen? In seiner Box saß ich und schälte währenddessen ich ihn fragte, eine Banane. Classic Star liebt Bananen. Ich fragte ihn, ob er mich durch ein A-Springen tragen wollte, irgendwann, wenn es ihm besser ging.

Eine gute Erinnerung lässt uns wieder das Glück spüren...

Statt eine Antwort zu geben, schnappte er sich die Banane aus meiner Hand und verputzte sie mitsamt Schale. Er kaute so genüsslich schmatzend, dass ich mich fragte, ob ihm die Schale bald noch besser schmeckte, als die Frucht selbst. Verrückt dieses Pferd. Er fraß Hustenbonbons, Gummibärchen und Lutscher. Mitsamt Stiel. Das war allerdings ein Versehen. Er klaute den Lutscher meiner Tochter aus ihrer Hand. Meine Tochter machte sich tagelang Sorgen wegen dem Stiel, ob das nicht gefährlich war für Classic Star. Meine Nachbarn und einige Spaziergänger, die Classic Star auf der Koppel und im Stall bei mir daheim erblickten, fragten natürlich, was mit dem Pferd passiert war. Ich wurde bald müde der immer wiederkehrenden Erklärungen und Erzählungen, welch Schicksal dem Pferd widerfahren war. Keine Lust hatte ich mehr auf die mitleidsvollen Sätze wie: „Bring ihn doch zum Schlachter, dann hat er es endlich hinter sich! Was willst du denn mit dem alten Klepper?" Natürlich hatte auch ich überlegt, ob es aus tierschutzrechtlichen Gründen nicht besser gewesen wäre, ihn zu erlösen. In 30 Jahren Pferdeerfahrung war ich mir sicher, Classic Star wollte leben und sein Leben zu beenden, wäre nicht in Ordnung gewesen. Der Zeitpunkt war einfach der falsche und seine Todesstunde noch nicht gekommen. Der Zustand des Pferdes war schlecht und bedenklich, aber er war durch Menschenhand hervorgerufen und nicht, weil das Pferd alt und krank war. Hätte Classic Star die richtige Versorgung bekommen, von Beginn an seiner Rente, er wäre ein prachtvolles Pferd geblieben. Warum sollte ich ein Pferd töten, das durch Menschenhand beinahe gestorben wäre? Wo sollte da bitteschön meine Berechtigung sein? Musste unsere Geschichte nicht so enden, dass ich Classic Star das Vertrauen in den Menschen zurück gab? War es nicht meine Aufgabe, das, was andere Menschen an dem Pferd verbockt hatten, wiedergutzumachen? Fragen über Fragen...Weitermachen! So lautete meine Devise. Ein harter Kampf. Kopf hoch, es wird sich lohnen, Anais. Meine innere Stimme sprach zuversichtlich. Im Social Network setzte ich Classic Star eine eigene Seite. Errichtete für uns einen Blog. Mit Namen „Sorgenkind". Seine Geschichte wollte ich erzählen. Warum ich sie erzählen wollte? Geteiltes Leid ist bekanntlich halbes Leid! Ich wollte nicht alleine sein mit meiner Wut, der Traurigkeit, den Ängsten, Sorgen und Nöten um das Pferd. Mitteilen wollte ich mich. Angetrieben war ich von der Sehnsucht nach Gleichgesinnten und Pferdeliebhabern, die an Classic Stars Schicksal Anteil nahmen. Menschen , die mich bestärkten, weiterzumachen. Die Entscheidung brannte in mir, sie trieb mich vorwärts. Menschen, die Interesse zeigten, zu verfolgen, wie es weiterging mit uns. Nach Anerkennung sehnte ich mich. Der Kampf um das Pferd ließ mich in meiner eigenen Wahrnehmung oftmals schwächeln. Die Kraft ging mir verloren. Ich war äußerst genervt von all den Leuten, die mir sagten, Anais, erlöse das Pferd, den Classic Star bekommst du nie wieder hin! Ich sehnte mich nach Menschen, die mir Mut zusprachen und Respekt vor dem hatten, was ich bereit war, für Classic Star zu tun. Durch Respekt, Anerkennung und aufmunternde Worte bekam ich die Kraft, um weiterzumachen. Deshalb errichtete ich die Seite bzw. den Blog „Sorgenkind". Es funktionierte! Trost und Zuspruch fand ich. Mehr sogar, als ich jemals erwartet hätte. Jedoch fand ich all das nicht in meinen engsten Freunden, sondern bei fremden Menschen. Menschen, die zufällig auf unseren Blog aufmerksam wurden. Sie teilten unser Schicksal aufrichtig und mit ehrlichen Worten ermunterten sie mich, weiterzumachen. Liebevolle Nachrichten bekam ich. Die Menschen begleiteten Classic Star und mich auf unserem Weg. Sie fieberten mit uns mit, so schien es mir. Plötzlich fielen Sätze wie, da möchte jemand spenden für das Pferd! Geld für die anstehende Operation dazugeben. Mich unterstützen! Nicht einen Tag hatte ich daran gedacht, für das Leid des Pferdes Geld zu erbetteln. Das war absolut nicht die Mission unserer Internetseite. Sich gegen die Hilfsbereitschaft zu wehren, sie gar auszuschlagen oder abzulehnen, war allerdings fast unmöglich. An manchen Tagen hatte ich Briefumschläge bei mir zuhause im Briefkasten mit Bargeld drin. Auf den beiliegenden Zetteln im Umschlag stand geschrieben: Für das Sorgenkind! Überwältigt war ich. Von der Hilfsbereitschaft fremder Menschen. „Bekannte" im weitesten Sinne, die bereit waren, finanziell etwas für Classic Star und mich zu geben. Meine eigentlichen Freunde, diejenigen, für die ich mir das halbe Leben lang meinen Arsch aufgerissen hatte, für die ich da war, wenn sie mich brauchten, von denen fehlte jede Spur. Nicht einmal ein offenes Ohr oder eine Schulter, an der ich mich hätte ausheulen können, reichten sie mir. Man ignorierte mich schamlos. Keine Anteilnahme, keine lieben Worte, frei nach dem Motto, was geht uns das an, agierten sie! Das Leben ist manchmal verrückt und schwer zu verstehen. Erwarte nichts, dann wirst du auch nicht enttäuscht. Hilfsbereitschaft erachte ich persönlich als eine sehr wichtige Eigenschaft im Leben. Ich versuche, sie zu pflegen, so gut ich kann. Von dem ignoranten Verhalten meiner Freunde ließ ich mich nicht beirren. Auch wenn sie mich wahrscheinlich belächelten, dass ich einem alten, kranken Gaul auf die Beine helfen wollte. Ich kämpfte weiter. Für Classic Star. Für uns. An jedem neuen Tag, an dem ich glaubte, Classic Star hatte etwas an Gewicht zugenommen, erfreute das mein Herz zutiefst. Unheimlich liebgewonnen hatte ich den Bub derweil. Nicht mehr missen wollte ich ihn. Der Tag seiner Operation rückte näher und schließlich gab es kein Zurück mehr für uns. Entweder, Classic Star würde das überstehen mit der Narkose und der Operation oder ich hatte den Kampf um ein besseres Leben für den Schimmelwallach endgültig verloren. Die Nacht zuvor schlief ich schlecht. Mulmig war mir, Classic Star in die Klinik zu bringen. Immerhin hing mein Herz mittlerweile unheimlich an meinem kranken Vierbeiner. „Meinem Sorgenkind“. In den zwei Wochen waren Classic Star und ich uns ein großes Stück nähergekommen. Ebenfalls unserem Ziel, dem Ziel, für Classic Star die Sonne wieder scheinen zu lassen, die ihm ein anderer Mensch genommen hatte. Dem Pferd ging es verhältnismäßig gut. Der Schimmel war munter, hatte an Gewicht zugelegt, aus dem Gröbsten war er zu dem Zeitpunkt bereits heraus. Zum Sterben hatte er keine Zeit. Jeden Tag entdeckte er Neues. Mal waren es Hund „Emma“, die Katzen, dann schloss er neue Freundschaften mit anderen Pferden. Classic Star war gut drauf. Er fand zurück ins Leben. Er wurde wieder „wach“. Welch eine Freude, ihn so aufblühen zu sehen! Wahrscheinlich hatte ich nur schlecht geschlafen,

aus Angst, dass Classic Star die Operation nicht überstehen
würde. Das konnte alles passieren, darüber war ich mir im
Klaren. Es war ein großes Risiko. Meinem vierbeinigen
Freund Classic Star mutete ich wirklich einiges zu. Aber, hätte
ich sein kaputtes Auge so lassen sollen? Natürlich stellte ich
mir die Frage. Manchmal wühlten mich meine Sorgen arg auf.
Es war schwierig, zwischen meinem Herzen und dem
Verstand zu entscheiden. Mein Verstand signalisierte mir
deutlich, das Auge musste operiert werden. Mein Herz sprach
ängstlicher zu mir: „Hoffentlich geht alles gut, falls nicht, das
würdest du niemals verkraften Anais, wenn du Classic Star
nicht wiedersiehst, weil dir die Narkose das Pferd nimmt!" Der
Termin in der Klinik stand fest, also würden wir auch
hinfahren. Vorher knipste ich schnell einige Bilder von dem
Schimmel. Classic Star war frisch gewaschen und eigentlich
sah er mittlerweile richtig toll aus. Fast schon hübsch. Der
Vergleich, vorher- nachher, auf seinen Fotos, das wurde
während der Zeit mit Classic Star beinahe zu einer
regelrechten Sucht für mich. Immer wieder wollte ich die
Verbesserung seines Zustandes sehen. Eine körperliche
Verbesserung von Classic Star erkennen. Indem ich die Bilder
miteinander verglich, stellte ich wahrhaftig Fortschritte fest.
Ganz deutliche sogar! Das war fantastisch! Meine Tochter saß
mit im Auto auf der Fahrt in die Klinik. Mir war nach Heulen
zumute an dem Tag. Wenn ich ehrlich bin, hat es nicht einen
Tag gegeben, an dem ich nicht geweint habe, geweint hätte
oder mir danach gewesen wäre, um dieses Pferd zu weinen.
Wie geduldig Classic Star sein Schicksal ertrug. Hänger rauf,
wieder runter. Sein Leben musste er komplett neu sortieren.
Fremde Menschen um ihn herum. Diese projizierten auf ihn
verschiedenste Eindrücke, wie Schmerz, Freud und Leid.
Meine Emotionen, die blieben dem Tier nicht verborgen.
Pferde fühlen sehr gut, wie der Mensch sich innerlich fühlt.
Ein Pferd kann dich spiegeln. Deine Emotionen überträgst du
unweigerlich auf das Tier und es verhält sich
dementsprechend. Natürlich war ich oftmals traurig. Meine

emotionale Stimmung nahm auf das Verhalten des Pferdes erheblichen Einfluss. Classic Star ist besonders sensibel durch seine Behinderung. Ließ ich den Kopf hängen, aus Verzweiflung, wenn es mal einen Tag nicht vorwärtsging mit uns, tat er dasselbe. War ich fröhlich und zufrieden, spiegelte sich das im Benehmen des Pferdes wieder. An dem Tag, als wir in die Klinik fuhren, war ich beides. Traurig und glücklich. Zusammenreißen musste ich mich. Haltung bewahren. Stark sein. Stark sein für Classic Star, der an dem Tag der Operation wirklich noch einmal einen heftigen Einschnitt seines Lebens zu spüren bekommen sollte. Dem Tag der OP blickte ich im Allgemeinen jedoch als einem positiven Tag in unserer Geschichte entgegen. Alles würde sich zum Guten wenden. Sein Leiden sollte ein Ende haben! Die Vorstellung, welche Schmerzen Classic Star in dem Zustand mit seinem leeren Auge erlitten hatte und wie elendig es ihm all die Monate zuvor ergangen war, bevor ich ihn aus dem Horror befreite, das machte mich doch noch sehr traurig. Meine größte Sorge war, die Operation hätte alles zunichtemachen können, was ich für Classic Star mühevoll aufgebaut hatte. Unser gegenseitiges Vertrauen und seinen körperlich guten Zustand. Wir waren hatten bereits einen verdammt erfolgreichen Weg zurückgelegt, auf den ich sehr stolz war. Durch die Operation hätte es passieren können, dass wir wieder kilometerweit zurück fielen. Die Operation würde Classic Star wieder einiges an seinem bereits mühsam gewonnenen Körpergewicht kosten. ☹ Die Entscheidung der Operation konnte trotz all meiner Bedenken nur eine gute sein. Es würde bergauf gehen. Auch wenn Classic Star mittlerweile 19 Jahre alt war, in miserablem gesundheitlichen Zustand und die bevorstehende Operation für ihn sicherlich kein Kindergeburtstag, so war er ein zäher Kerl. Natürlich fragte ich mich, was verlangte ich der armen geplagten Seele eigentlich alles ab? Angst überkam mich zeitweise. Angst, das Falsche für das Pferd zu tun. Ein Tier zu überfordern. Emotionales hin und her meiner Gedanken spürte ich. Rauf und runter fuhr sie, die Achterbahn meiner Gefühle.

Mal spürte ich Freude, dann wieder Leid und deshalb heulte ich einfach zwischendurch, wenn ich nicht weiter wusste. Wenn ich mir den ganzen Mist und Rotz einfach von der Seele weinte. Platz schaffte das in meinem Herzen und danach ging es mir besser. Wo sollte er eigentlich noch hin, mein Kummer? Meine Sorge um das Wohlergehen meines Traumpferdes? Mein Herz war an Gefühlen vollgestopft bis obenhin. Vor wenigen Wochen hätte ich gar keine falsche Entscheidung treffen können, das weiß ich heute. Der Weg, den ich ging, war absolut der richtige. Respekt habe ich vor dem, was ich getan habe. Nämlich, dass ich ein sterbendes Pferd bei mir aufnahm und bereit war, alles für das Tier zu tun, alles, was in meiner Macht stand. Egal, was es kosten sollte! Wenn ich zurückblicke auf das, was ich in Angriff genommen und letztendlich tatsächlich geschafft habe, dann ist das so enorm viel!

Die Liebe...

Wenn du liebst, kannst du eigentlich gar nichts falsch machen! ☺ Und ich liebe Classic Star! Meine Sorge um Classic Star blendete ich auf der Fahrt in die Klinik aus. Wir mussten jetzt einmal noch durch ein tiefes Tal. Das würden wir auch noch schaffen und danach ging es bergauf! Meiner positiven Intuition folgte ich. Während ich mich hinter dem Lenkrad mit existenziellen Fragen eines Pferdes beschäftigte, sagte meine 11 jährige Tochter auf dem Rücksitz plötzlich: „Ich finde das toll“, was du für das Pferd tust! Und du darfst auch ruhig traurig sein und weinen, wenn du das möchtest, Anais!“ An dem Tag war ich unheimlich stolz auf meine 11 jährige Tochter. Die Blicke der Menschen auf dem Gelände der Tierklinik, als wir eintrafen mit Classic Star, waren film- reif. Nie vergessen werde ich die dummen „Fratzen“. War mir das in dem Moment peinlich? Schämte ich mich für den Anblick von Classic Star? Nein! Als wir Classic Star vom Hänger luden, zwischen all den anderen Pferden, die auf dem

Parkplatz ein und ausgeladen wurden, zog Classic Star alle Blicke auf sich. Mitleidsvolle Blicke, die Leute tuschelten hinter vorgehaltenen Händen. Sicherlich auch über mich. Wie ich solch ein dünnes Pferd wahrscheinlich füttern würde, fragten sie sich. Falls das Pferd bei mir überhaupt etwas zu Fressen bekam. Nein, es war mir nichts peinlich. Weder die Erscheinung meines Pferdes, noch das vermeintliche „Lästern" über uns. Niemand von ihnen hatte Classic Star bis vor zwei Wochen gesehen. Wäre das so gewesen, sie hätten respektvoll von dem Pferd gesprochen. Classic Star hatte sich unheimlich toll entwickelt, aber das konnten nur die Menschen sehen, die Classic Stars Geschichte von Anfang an miterlebt und verfolgt haben. Mein eigener Respekt vor Classic Star stieg mit jedem Tag, den ich mit ihm zusammen verbringen durfte. Die Blicke der Menschen auf dem Parkplatz der Tierklinik waren vielleicht auch gar nicht unbedingt „verurteilend" an meine Adresse gerichtet. So habe ich das nicht wirklich empfunden an dem Tag, sondern es war wahrscheinlich deren Schock über den Zustand eines Pferdes, den sie nicht alle Tage zu Gesicht bekamen. Jeder erblickte sofort Classic Stars kaputtes Auge. Dass er rappeldünn und in schlechtem Zustand war, übertrumpfte der Anblick seines ausgelaufenen Auges völlig. Seine gesamte Erscheinung erinnerte an eine Gestalt aus einem Horrorthriller. Die Anästhesistin führte mit mir ein Gespräch über die Risiken der Narkose. Natürlich musste sie mich über mögliche Komplikationen aufklären. Classic Star hatte sie vor unserem Gespräch nicht gesehen. Der war bereits in seine Box von einer Stallhelferin gebracht worden. Ich versuchte ihr den kritischen Zustand des Pferdes nahezubringen. Richtig nachvollziehen, was sie und ihr Operationsteam am nächsten Morgen erwarten würde, konnte sie glaube ich nicht. Den Zustand von Classic Star konnte man auch wirklich schlecht beschreiben. Man musste ihn live gesehen haben. Nachdem die Tierärztin mir die Frage stellte, ob ich eine Narkoseversicherung abschließen wollte und ich das natürlich dankend ablehnte, sagte sie: „Verständlich", in

dem von Ihnen geschilderten Zustand des Pferdes würde das
wahrscheinlich auch keinen Sinn machen!" Das war wirklich
paradox. Eine Narkoseversicherung. Die Anästhesistin merkte
schnell, dass ich genügend Ahnung hatte, zu wissen, auf welch
riskantes Spiel ich mich einließ, ihr mein Pferd für die
Operation einer Augenentfernung zu überlassen. „Welche
Farbe hat sein Halfter? Damit wir Ihnen das richtige am
Abholtag wieder mitgeben können!" sagte sie zum Abschied
und kritzelte noch irgendetwas in ihre Schreibkladde. „Ich
möchte den wundervollen Schimmel lebend wiederhaben nach
der Operation, egal welches Halfter er trägt! Das Halfter ist
mir völlig egal!" erwiderte ich mit Tränen in den Augen.
Niemals vergesse ich seinen Blick, als ich mich von Classic
Star an dem Tag in der Klinik verabschiedete. Fragend sah er
mich an. Fühlte sich bestimmt von mir abgeschoben und
wieder einmal alleingelassen in seinem Leben. Dazu in
einer fremden Umgebung. Ich streichelte über seine Nase. „Ich
komme wieder mein Freund! Versprochen, halte durch!" Zwei
Tage des Wartens lagen hinter mir. Vor und schließlich nach
der Operation, bis endlich der erlösende Anruf aus der Klinik
kam. Classic Star sei aus der Narkose erwacht, es ginge ihm
den Umständen entsprechend gut. Er habe alles erstaunlich gut
überstanden und ich könnte ihn schon bald nach Hause holen,
informierte mich das Klinikpersonal. Ein kleines Wunder war
das für mich. Alles hatte gut geklappt. Wie schön.
Fantastisch. Kaum zu glauben! Eine meiner Freundinnen hatte
mir zuvor in einem Telefongespräch gesagt: „Classic Star
wird die Operation natürlich überleben, Anais! Es würde ja gar
keinen Sinn machen, wenn er jetzt sterben müsste. Das passt
doch gar nicht zu Eurer Geschichte!" Das hatte sie schön
gesagt. Ja, so musste es wohl sein, warum sonst hatte ich vier
Jahre lang auf Classic Star warten müssen? Damit ich ihn nach
2 Wochen gleich wieder verlieren sollte? Bestimmt nicht! Das
Schicksal ist nicht immer nur ein mieser Verräter. ☺ Mein
Gott war ich glücklich über die Nachricht aus der Klinik, dass
alles wunderbar geklappt hatte. All die Menschen, die unseren

Blog bis dato aufmerksam verfolgt hatten, waren ebenfalls genauso erleichtert, wie ich über die freudige Nachricht. Es gab etliche „Gefällt mir" Angaben, alleine für die Aussage, dass die Operation vom Sorgenkind, alias Classic Star, gut geklappt hatte. Aufregend war er, der Moment, als Classic Star und ich uns nach der Operation wiedersehen sollten. Die Stallhelferin brachte Classic Star zu mir an den Anhängerplatz. In den Stall durfte ich an dem Tag nicht. Ein totes Pferd musste per Entsorgung abgeholt werden. Traurig so etwas, sein geliebtes Tier zu verlieren. Was war ich glücklich, dass ich mein Pferd lebend aus der Klinik in Empfang nehmen durfte. Der Gedanke, dass ich ebenso einen Anruf hätte bekommen können, dass Classic Star aus der Narkose nicht mehr aufgewacht wäre, unvorstellbar! Darüber wollte ich gar nicht weiter nachdenken. Classic Star ließ den Kopf ziemlich hängen, als er neben dem jungen Mädchen zum Anhängerplatz trottete. Er wirkte geknickt. Mitgenommen und niedergeschlagen, mein armer Bub. Es machte mir den Anschein, dass ihm so ziemlich alles egal war, was um ihn herum geschah. Er schien gleichgültig und teilnahmslos. Für einen Moment dachte ich: Der hat wirklich mit allem und seinem Leben gerade zum zweiten Mal abgeschlossen, der gute Classic Star! Wir waren auf unserem gemeinsamen Weg wieder meilenweit zurückgefallen, schien es mir. Sie bitte stark genug, dass du noch einmal die Kraft besitzt, das Pferd wieder aufzubauen, Anais! „Hey!" sagte ich sanft, als mir die Helferin den Führstrick, an dem Classic Star „hing", in meine Hand reichte. In dem Moment, als Classic Star meine Stimme hörte, blickte er plötzlich hellwach auf, spitzte die Ohren und sah mich an. Sein Blick in dem Moment, als ich ihn ansprach. Es war, als erinnerte er sich und wollte er sagen: „Ja, hey, dich kenne ich doch!" Ich sage Euch, ein Pferd kann durchaus erstaunt und auch erleichtert gucken. Classic Star schien völlig überrascht, mich wiederzusehen. Aber er freute sich, mich zu sehen! Woher sollte das Pferd, nachdem ich es in die Klinik gebracht hatte, wissen, dass es mich bald schon wiedersehen würde? Dass ich herkommen würde, um es abzuholen? Ein zu Herzen gehender Anblick. Emotional völlig fertig, aber unendlich glücklich und erleichtert, plumpste ich erschöpft ins Auto. Classic Star stand auf meinem Anhänger. Alles sah soweit gut aus, wir durften nach Hause fahren. Gott sei Dank! Der Moment unseres Wiedersehens. Die Freude in seinen Augen. Ich hatte sie gesehen. Ein kleines Strahlen glaubte ich in ihnen erkannt zu haben. So gern wollte ich Classic Star die Sonne wiedergeben, die ihm ein anderer Mensch zuvor genommen hatte. Aus meinem anfänglichen Bedürfnis, Classic Star besitzen zu dürfen, war im Laufe unserer gemeinsamen Zeit in nur wenigen Wochen „so vieles" mehr geworden. Classic Star war nicht nur das Pferd, das ich mir immer gewünscht hatte, zu besitzen. Er bedeutete mir so viel mehr. Überwältigt von meinen eigenen Gefühlen war ich. Von der Geschichte mit "Meinem Pferd Classic Star". Unheimlich stolz war ich auf Classic Star! Classic Star hatte trotz aller Widrigkeiten seines schlechten Gesundheitszustandes die Operation hervorragend gemeistert! Welch ein toller Bursche. Ich wusste genau, warum ich das Pferd so sehr mochte und lieb hatte, von Anfang an. Weil er ein großartiges Herz hat, mein Classic Star! Aufrichtig, ehrlich, liebevoll und gutmütig ist er, der Schimmel. Dazu ein echter Kämpfer. Die Worte der Ärzte hämmerten in meinem Kopf: „Wir haben größten Respekt vor Ihnen", was Sie für dieses Pferd getan haben!" Da durfte man schon etwas wehmütig werden und auch mal (wieder) weinen. Fast die ganze Fahrt auf dem Weg nach Hause weinte ich. Einerseits aus Freude, dass alles gut geklappt hatte, andererseits zu wissen, dass die Operation nur der heiße Tropfen auf dem Stein war. Besser war es, nicht unbedingt daran zu denken, was noch alles vor uns lag in den kommenden Wochen. Ein Pferd in einem derart schlechten, körperlichen Zustand, trug enorme Risiken mit sich, ernsthaft krank zu werden. Mit Entsetzen dachte ich an seine Hufe. Der Leitspruch „Ohne Huf kein Pferd". Classic Star konnte kaum noch laufen mit seinen viel zu kurzen Hufen. Hilfreich wäre es gewesen, jemanden an meiner Seite zu haben, der mir gesagt hätte, dass ich doch bitte mit dem, was ich bereits alles auf die Beine gestellt hatte für Classic Star, endlich mal zufrieden sein sollte! Wir waren auf einem verdammt guten Weg. Steht man in Krisenkonflikten für sich alleine da, verliert man mehr oder weniger die richtige Wahrnehmung der Dinge. „Betriebsblind" könnte man es nennen. Hervorragendes hatte ich geleistet für Classic Star. Das habe ich aber zu keinem Zeitpunkt als solches wahrgenommen.

Zuhause angekommen!

Classic Star der arme Kerl, zitterte am ganzen Körper, als ich die Verladeklappe des Anhängers öffnete. Natürlich war er aufgeregt, weil er gar nicht wusste, wo die Reise dieses Mal wieder für ihn endete. Als er die heimische, ihm bekannte Gegend erkannte, atmete er tief durch, stapfte zufrieden schnaubend in seine Box, senkte den Kopf und mümmelte genüsslich sein Heu. Seine Welt war wieder in Ordnung. Ein Stoßgebet schickte ich zum Himmel. Das lief ja mal wie geschmiert. Eine Woche lang stand Classic Star nach seiner Operation bei mir zuhause im Stall, als ich mich entschied, ihn in den Reitstall umziehen zu lassen. Eine schwierige Entscheidung. Nur ungern wollte ich das Pferd aus meinen Händen geben. Jedoch tat ich ihm bei mir zuhause auf Dauer einfach keinen Gefallen. Zusehends spürte ich, dass Classic Star eine Aufgabe brauchte. Er fühlte sich unterfordert und langweilte sich. Classic Star war nicht müde von dem anstrengenden Sportleben, das hinter ihm lag. Nein. Ich glaube, das ist er generell nicht, müde. Ein harter Bursche ist er. Ein Kämpfer durch und durch. Wir beide, wir sprechen unsere eigene Sprache, aber eine gemeinsame. Ich denke, dass ich ihn verstehe und dass ich weiß, was er braucht. Was ich ihm zumuten kann, dessen bin ich mir ebenfalls bewusst. Die Intuition kommt aus meinem Herzen. Woher ich das weiß, ist eine gute Frage, aber sie ist damit zu beantworten, das die

Zeit, die wir beide miteinander verbracht haben, das Wissen
mit sich gebracht hat. Acht Wochen können sehr innig sein
und so lange sind wir beide jetzt zusammen. Unsere
Geschichte ist hier aber noch lange nicht zu Ende. Zeit muss
ins Land ziehen, um sie zu Ende erzählen zu können. Ich
selbst weiß nicht einmal, was die Zeit bringen wird und wohin
mich die Geschichte „Classic Star" letztendlich führt. Mein
Gefühl sagt mir, dass wir zwei noch wundervolle Erlebnisse
miteinander teilen werden. Unsere Geschichte hat einen
tieferen Sinn, deren Bedeutung ich noch nicht wirklich
verstanden habe. Die Zeit wird Licht in das Dunkle meiner
Fragen bringen. Davon bin ich überzeugt. Vielleicht reiten wir
beide ja doch eines Tages zusammen durch den
Springparcours, wer weiß! Die Wunde um sein Auge herum
ist gut verheilt. Natürlich fällt das Gewebe tief ein und er sieht
schon ein wenig aus wie ein „Ghostpferd". An den Anblick
habe ich mich aber gewöhnt. Classic Star ist frech geworden.
Er, mein Pirat. So nenne ich ihn liebevoll. Er hat keine
Schmerzen mehr und gut an Gewicht zugenommen.
Ordentlich Kraft hat er bekommen und möchte jetzt
beschäftigt werden. In dem Reitstall wird er ein wenig
geritten. Nur so viel, wie er mitmacht und was er bereit ist, zu
geben. An der Hand lässt er sich leider nur schlecht arbeiten.
Von links ist es durch die Blindheit unmöglich, ihn zu
dirigieren. Er rennt seinen Reiter um, wenn man Pech hat und
ein 19 jähriges Pferd noch zu erziehen, sich von rechts alles
gefallen zu lassen, ist schwierig. Classic Star muss weiterhin
Muskulatur aufbauen. Unbedingt, denn sonst wird er immer
weiter an Körpergewicht verlieren und noch schneller altern.
Vom weiter „Rumstehen" wird er seine Muskulatur jedenfalls
nicht mehr zurückbekommen. Wenn ich ihn einfach auf die
Weide stellen würde, was ihn sowieso nicht glücklich macht
und ihn auch nie wirklich glücklich gemacht hat, dann würde
er ruck zuck altern und seelisch verkümmern. Den richtigen
Mittelweg zu treffen, das ist unser Ziel. Ein glückliches Pferd
möchte ich. Dann bin auch ich glücklich. Wir, also alle, die

mit Classic Star zu tun haben, möchten natürlich wissen, ob
der einstige Megaspringer noch einmal wieder springen
möchte. Hätte er noch Spaß daran, wieder das zu tun, was er
sein Leben lang so gern getan hat? Ihr dürft mir glauben, er
hat es gern getan, das Springen. Das war jahrelang sein Job,
dafür wurde er geboren und wäre auch dafür gestorben. Wenn
die Zeit gekommen ist, probieren wir es vielleicht einmal aus.
Ich bin mir sicher, dass ich spüren werde, ob er noch Springen
möchte oder nicht. Classic Star wird für den Rest seines
Lebens nichts mehr tun müssen, das ihm keine Freude bereitet.
Dafür hat er zu viel Leid hinter sich. Er soll glücklich sein
dürfen. Bisher hat er toll mitgearbeitet und sich stets bemüht,
alles richtig zu machen. Er nimmt es absolut gelassen hin, dass
er nur noch mit einem Auge unterwegs ist. Er lässt sich nichts
anmerken. Kein Schwanken unter dem Reiter, keine
Unsicherheiten. Routiniert ist er, wie eh und je. Ein alter,
erfahrener Hase im Geschäft, der auch gern den einen oder
anderen Buckler unter dem Sattel macht, das ist Classic Star.
Er ist wunderschön. Stolz und erhaben. Classic Star ist
glücklich, frei und unbeschwert. Bisher habe ich das Richtige
für ihn getan, das weiß ich, wenn ich ihm in sein gesundes
Auge blicke. Es glänzt und funkelt. Das Strahlen in seinem
Auge ist zurück. Ich gab ihm die Sonne wieder, die ihm ein
anderer Mensch genommen hatte. Bei einem Spaziergang vor
einigen Tagen, als Classic Star und ich an einer Weide entlang
liefen, hat er sofort kehrtgemacht, ganz energisch! Die Weide
hatte Ähnlichkeit mit der Weide, auf der er das letzte Jahr sein
tristes und trauriges Dasein fristen musste. Dort, wo wir uns
kurz vor seinem nahenden Tod begegnet waren. Classic Star
koppelt das Bild "Wald und Weide" mit seinen Schmerzen, die
er erleiden musste. Mit seiner durchlebten Not. Nicht zum
guten Schluss den nahenden Tod, den er erlebt hätte, wenn ich
nicht noch in letzter Minute zufällig an den Ort des grausamen
Geschehens gekommen wäre. Pferde können sich erinnern,
daran glaube ich. Er hat das nicht vergessen, was er erlebt
hat. Das Trauma sitzt tief in ihm drin und durch bestimmte

Einflüsse, Reize und Gegebenheiten kommt das negativ
Erlebte zurück ins Gedächtnis. Die Zeit wird ihr übriges tun.
Damit er vergessen kann. Das Schicksal hat uns beide
zusammengeführt. Was zusammengehört im Leben, das findet
auch zusammen. Manchmal dauert es seine Zeit. Alles hat
seine Zeit im Leben. Ich bin sehr froh, dass Classic Star bei
mir ist! Ja, ich bin glücklich. Es ist nicht richtig, zu sagen, dass
ich zur falschen Zeit am falschen Ort war. Ich bin zur rechten
Zeit am rechten Ort gewesen! Egal wie wir die Geschichte
drehen, das Schicksal hat entschieden. Classic Star sollte
leben! Weil er einen Menschen, in dem Fall mich, noch sehr
glücklich machen kann. Das ist seine Aufgabe, solange er da
ist! Bis seine Uhr irgendwann abgelaufen ist, was hoffentlich
noch ein paar Jahre dauert. Meine Aufgabe ist dieselbe. Ich
habe Classic Star glücklich gemacht, indem ich ihm ein neues
Leben geschenkt habe. Instinktiv wird das Pferd spüren, dass
es eine große Chance bekommen hat auf seinem letzten Weg.
Wir haben uns gegenseitig gefunden und gerettet. Emotional
hat mir nichts und niemand mehr gegeben in den letzten
Jahren, als dieses Pferd es in unseren gemeinsamen 6 Wochen
getan hat. Wie es weitergeht mit uns beiden, werde ich in
einem zweiten Teil erzählen und ich hoffe, ihr seid wieder mit
dabei. Vor einigen Tagen hatte ich einen großartigen Traum.
Classic Star kehre noch einmal zurück in den Springsport. Mit
nur einem Auge und mit 20 Jahren. Er gewann ein paar
Springen, bis ich ihn aus dem Sport verabschiedete. Eine
Verabschiedung, wie bei den großen Supersportlern. Sie
werden in den Parcours geführt und dort wird ihnen der Sattel
abgenommen! Vor Publikum. Das hätte Classic Star sich so
sehr verdient. Nach all dem Erlebten wäre das ein
wundervolles Ende unserer Geschichte. Bisher ist es „nur“ ein
Traum. Dass Classic Star eines Tages wirklich mir gehören
sollte, das war bis vor wenigen Wochen auch „nur“ ein Traum.

Manchmal werden Träume wahr...

CLASSIC
STAR
ANAIS C. MILLER

Charisma

Anais C. Miller

Ihr Herz ist so groß, dass die halbe Welt dort Platz nehmen könnte…

Liebe Leser,

das Bild zeigt "Charisma" und mich. Die Geschichte, die ich Euch erzählen möchte, beruht auf wahren Tatsachen. Für alle Beteiligten, die jemals mit diesem Pferd zu tun gehabt haben, ist diese Stute ein Wunder. Trotz einer komplizierten Trümmerbruchfraktur ihres Ellenbogens, kämpfte sich Charisma zurück ins Leben.

Für Charisma:

Es hätte mir das Herz gebrochen, dich töten zu müssen! Es hat mir das Herz gebrochen, dich so leiden zu sehen. Es brach mir das Herz, dir nicht anders helfen zu können, außer dir die Freiheit für 7 Monate zu nehmen. Es tat mir im Herzen sehr weh, dich entgegen des Tierschutzgesetzes 7 Monate lang einzusperren! Es zerriss mir das Herz, nicht zu wissen, ob meine Entscheidung die richtige war. Heute 4 Jahre später, weiß ich, dass wir beide alles richtig gemacht haben. Mein Herz ist wieder frei und glücklich. Genau wie deins. Wir haben uns beide geheilt und gerettet. Gegenseitig. Ich habe dich sehr lieb und werde dich niemals vergessen. Danke, dass du in mein Leben gekommen bist.

-Anais-

Charisma

... oder Wunder gibt es

Vor 4 Jahren begegnete ich einem Pferd... Nein, ich möchte

sagen, ich durfte einem Pferd begegnen. Heute weiß ich, dass diese Begegnung ein Geschenk war. Vielleicht ein Geschenk des Himmels oder aber eine Lektion meines Lebens.

Charisma, ihr Name ist für mich von großer Bedeutung. Ein Pferd mit einem Herz, das so riesig ist, dass die halbe Welt dort Platz nehmen könnte. Und wir müssen ihr gut zuhören, denn sie hat uns so viel zu erzählen, diese Stute! Vor allem mir hat sie Dinge "erzählt" und "gezeigt", dass ich heute noch, vier Jahre später, weinen muss, wenn ich mich voller Ehrfurcht und Respekt an Charisma erinnere! Vor vier Jahren also wollte ich noch einmal im Springsport durchstarten. Bedingt einer langen Krankheit zufolge hatte ich meinen geliebten Sport, die Springreiterei, eine Zeit lang auf Eis legen müssen. Mir war klar, ich brauchte für ein Comeback ein gutes Pferd, ein sicheres vor allem. Ein Pferd, das mich zu Anfang wieder unterstützen und mir den Einstieg in den Sport erleichtern würde. Ich entschied mich zum Kauf von "Charisma". Eine damals 14 Jahre alte Hannoveraner Stute mit guter Abstammung und einigen Sporterfolgen. Nun muss ich gestehen, ich kaufte viele Pferde in meinem Leben "blind". Blind bedeutet, spontan, ohne sie vorher auszuprobieren. Vor allem, wenn sie von meinem Wohnort viele Kilometer weit entfernt standen. Oftmals entschied ich mich für ein Pferd ganz spontan anhand einer Internet oder Verkaufsanzeige und gab gleich telefonisch den Zuschlag. "Intuition" nenne ich solch ein tiefes Gefühl. So war es damals auch mit Charisma. Die Besitzerin brachte die Stute nach meinem „Blindkauf" mit dem Anhänger direkt bis zu mir nach Hause. Ich war sofort fasziniert von der schwarzbraunen Stute. Gleich, als ich sie das erste Mal vor mir stehen sah. Ihre Schönheit hatte es mir direkt angetan. Sie war so unglaublich hübsch!

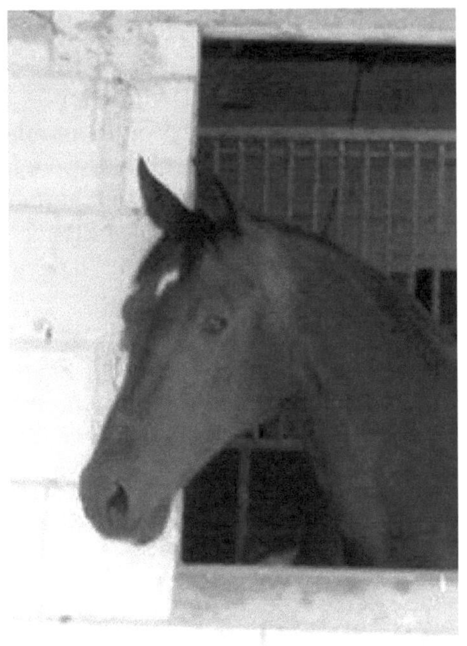

Sanft ihr Blick, das Fell glänzend wie Seide, der Charakter
ehrlich und liebevoll. Das sah ich in ihren großen, klaren
Augen. Nach einigen Tagen der Eingewöhnungszeit und den
ersten „Reitrunden" kam bei mir jedoch schnell die totale
Ernüchterung. Charisma war ein unheimlich starkes Pferd! Sie
zu reiten, glich auf einem Feuerstuhl sitzend, bei dem Bremse
und Lenkung nicht funktionierten. Vom Sattel aus fühlte es
sich an, als hätte man die Zügel in eine Betonwand
verschnallt. Eigentlich bin ich eine Reiterin mit sehr feinen
Hilfengebungen, aber bei Charisma hätte ich eine
Profiausbildung im Bodybuilding gebraucht, um sie regulieren
zu können. Ging ich mit Charisma ausreiten, verließen mich

oftmals die körperlichen Kräfte und mir blieb die Luft weg. Einmal landeten wir im gestreckten Galopp direkt in Nachbars Garten, weil ich die Stute nicht mehr rechtzeitig bremsen konnte. Mit dem Pferd hatte ich mich völlig verkauft! An einigen Tagen verfluchte ich die Stute gedanklich regelrecht. Charismas Energie konnte ich nicht bändigen. Entsetzt über Charismas Verhalten, rief ich ihre alte Besitzerin an und bat diese, Charisma zurückzunehmen. Eigentlich flehte ich sie regelrecht an, Charisma wieder abzuholen. Das junge Mädchen befand sich jedoch bereits im Studium und es war ihr somit nicht mehr möglich, Charisma zurückzunehmen. Damals bin ich sehr traurig gewesen, dass ein Pferd in meinem Stall stand, das so gar nicht mit mir harmonieren wollte. Leider blieb mir nichts anderes übrig, als es so hinzunehmen. Notgedrungen meldete ich mit Charisma zu einem Turnier an. Dafür hatte ich mir die Stute immerhin angeschafft. Dachte mir, entweder es funktionierte oder ich brach mir wahrscheinlich das Genick. Mit Schrecken überlegte ich, wie ich Charisma um die Kurven im Parcours lenken sollte. Ihre Lenkung funktionierte nicht und in meinen Augen schien diese ständig "Außer Betrieb" und defekt zu sein. Eine Servolenkung hat es bei Charisma anscheinend nicht gegeben. Zumindest fand ich die dazugehörigen Knöpfe nicht, die man vielleicht bei dem Pferd hätte drücken müssen. Meine Selbstironie betrachtete ich eher schmerzlich als humorvoll. Unsere Prüfung klappte trotz all meiner Zweifel und nächtlichem Albtraum erstaunlich gut! Wir belegten auf Anhieb den dritten Platz in einem Springen. Jedoch fühlte ich mich todunglücklich auf diesem Pferd. Wirklich. Kräftemäßig war das Reiten mit Charisma absolut kein Vergnügen und auch "Spaß am Reiten" ging für mich irgendwie anders. So gern hätte ich die Stute am liebsten gleich wieder verkauft. Allerdings, kaufen würde dieses Pferd freiwillig niemand, dessen war ich mir sicher. Hätte ich Charisma vorher Probe geritten, vor meinem Kauf, sie also getestet, ich hätte diese Stute im Leben nicht gekauft! Ein Pferd, auf dem dir als Reiter

die Arme abfallen und du keine Kontrolle über das Tier hast!
Wer kauft so etwas? Niemand! Mein Gott, wie oft fluchte ich
über Charisma. Dabei war sie so wunderschön anzusehen.
Wenn sie auf der Koppel stand und ich ihr beim Grasen
zugesehen habe. Eigentlich ein Traumpferd. Vom
Pferderücken aus betrachtet handelte es sich bei Charisma
jedoch um meinen persönlichen Albtraum. Charisma kaufte
ich damals im März und bin gleich Anfang Mai das erste
Turnier mit ihr geritten. Mitte Mai plante ich ein weiteres
Turnier mit der "verrückten" Stute. Mit Schrecken und
Magengrummeln dachte ich an dieses Turnier. Dazu kam es
dann jedoch nicht mehr. Ein lauter Knall!! In dem Moment
ahnte ich sofort, dass etwas Schlimmes passiert sein musste.
Eines der Pferde auf der Weide hatte sehr wahrscheinlich ein
anderes getreten. Dieses Geräusch sitzt heute noch in meinen
Ohren. Wenn Knochen "zerschlagen" werden und brechen.
Mir wird schlecht, wenn ich mich heute an diesen
albtraumhaften Moment von damals erinnere. Zu dem
Zeitpunkt, als das Unglück geschah, befand ich mich in den
Pferdeboxen unterhalb der Weiden und konnte nicht gleich
sehen, was passiert war. Damals hörte ich nur diesen Knall.
Ich lief zur Koppel. Ich rannte. Schneller und schneller. Mein
Herz schlug mir bis zum Halse. Panik stieg in mir auf.
Schreckliches vermutete ich. Genau das war geschehen!
Charisma stand nur noch auf drei Beinen! Oh mein Gott, bitte
Nein! Sie zitterte am ganzen Körper, ihre Augen waren
entsetzlich weit aufgerissen. Blanke Angst und pure Panik
erkannte ich in ihnen! Klatschnass geschwitzt war Charisma
und nervlich völlig aufgelöst. So gut es mir gelang, versuchte
ich das Pferd zu beruhigen und führte es zu den Stallungen.
Diese erreichte Charisma nur noch mühsam und humpelnd auf
drei Beinen. Tränen schossen mir in die Augen beim Anblick
des verstörten Pferdes. Der herbeigerufene Tierarzt vermutete
genau wie ich, eine Fraktur! Leider konnte er damals vor Ort
keine direkte Diagnose mitteilen, er musste zunächst in die
Praxis fahren, um die Röntgenbilder auszuwerten. Dieses

Warten damals und meine Schuldgefühle gegenüber dem Pferd, waren für mich kaum zu ertragen. An dem schrecklichen Unfall traf mich keine Schuld, natürlich nicht, aber wie böse schimpfte ich zuvor über dieses Pferd?! Wie sehr verfluchte ich Charisma, weil sie nicht das Ideal gewesen ist, das ich mir so sehr wünschte. Wie selbstsüchtig von mir, ein Lebewesen zu verurteilen, nur weil es nicht meinen Vorstellungen entsprach. In diesen drei Stunden des Wartens auf das Ergebnis der Röntgenbilder fühlte ich mich so schlecht, wie selten zuvor in meinem Leben. Niemals spürte ich derartige Schmerzen in meinem Herzen. Ach Gott, ich wünschte mir, ich hätte alles rückgängig machen können. Zu spät! Der Tierarzt stellte die Diagnose: "Trümmerfraktur im Ellenbogen." Das war eine harte Strafe für mich! Ein tiefer Schlag. Unheimlich schmerzhaft traf er mich mitten ins Herz. Damals sah ich das wahrhaftig als eine Strafe für mein Fehlverhalten und meiner daraus resultierenden Lieblosigkeit gegenüber dem Pferd. Ein wehrloses Tier, das auf mich, meine Reaktionen und mein Verhalten gegenüber seiner eigenen Seele angewiesen war. Benutzt hatte ich die Hilflosigkeit des Tieres mit meinen gemeinen Gedanken ihm gegenüber. Charisma ist mir doch im Grunde genommen hilflos ausgeliefert gewesen, wenn wir es einmal ehrlich betrachten. Jedenfalls...Unverzeihlich mein Benehmen gegenüber des Tieres! Ein wertvolles Pferd entsprach nicht meinen Wünschen und ich lehnte es auf Grund dessen ab. Charisma ist für mich nicht liebenswürdig gewesen, weil ich ihrem Temperament nicht gewachsen war. An mir hätte ich arbeiten müssen, nicht das Pferd für seine Charaktereigenschaften verurteilen dürfen! Charisma hätte ich doch einfach so akzeptieren können, wie sie war. Vielleicht wären wir doch noch ein gutes Team zusammen geworden! Wenn ich ihr und mir einfach die Zeit gegeben hätte. Die Zeit, um zueinander zu finden und gemeinsam miteinander zu harmonieren. Jetzt blieb mir gar nichts mehr von dem Pferd. Ein Pferd mit einer Trümmerfraktur stand in meinem Stall. Die Dramatik in der

Bedeutung "Beinbruch eines Pferdes" kannte ich genau, ich wusste, dass es keine Chance gab. Dass es das Ende bedeutete. Endgültig. Aus und vorbei! Charisma konnte ich nur noch zum Schlachter bringen! So kam es dann auch. Der Tierarzt fällte sein Todesurteil über das Pferd und ich hatte die Wahl. Entweder Einschläfern oder Bolzenschuss. Eine kostspielige Operation kam nicht in Frage. Beim Aufstehen des Pferdes aus der Narkose wäre die Fraktur wahrscheinlich erneut gebrochen. Der Tierarzt informierte mich hinreichend über unsere ausweglose Situation. Somit entschied ich mich für den Bolzenschuss. Schnell beenden wollte ich es. Charisma sollte nicht noch leiden müssen. Dazu musste ich Charisma allerdings in den Hänger verladen und in den Nachbarort fahren. Der Termin mit dem Schlachter dort war bereits ausgemacht. Welch ein Horror! Der schlimmste Albtraum wurde meine Realität. Mein eigenes Pferd töten zu müssen... Für jeden Pferdebesitzer das nackte Grauen. Ich selber konnte das überhaupt nicht übers Herz bringen. Niemals hätte ich Charisma einfach in den Hänger aufladen und zum Schlachter fahren können. Neben ihr stehenbleiben, bis der Schuss fiel und sie tot umgefallen wäre?! Nein! Unmöglich! Auch wenn Charisma nicht meine große Pferdeliebe gewesen ist, sie war mein Pferd und mein Pferd konnte ich nicht zum Töten fortbringen. Das Einschläfern ist aufgrund meiner kleinen Tochter damals für mich überhaupt keine Alternative gewesen. Den Anblick eines toten Pferdes auf unserem Hof, den wollte ich ihr ersparen. Ebenso hätte es mir das Herz zerrissen, mit ansehen zu müssen, wie man Charisma einschläferte. Mit anzusehen, wie der LKW mit dem großen Kran kurz darauf gekommen wäre und Charisma zum Abtransport in die Seifenverarbeitungsfabrik oder wohin auch immer gebracht hätte. Noch schlimmer fand ich den Gedanken, mein Pferd zu Hundefutter verarbeiten zu lassen. Aus meinen Kindheitserlebnissen erinnerte ich mich an den Pferdeschlächter in unserem Ort. Herzlos schnitt er den Pferden im wahrsten Sinne des Wortes einfach die Hälse durch und ließ sie ausbluten. Direkt auf der Koppel wenn es sein musste. Bei einem der Pferde, die er im wahrsten Sinne des Wortes "geschächtet" hatte, bin ich vor über 30 Jahren als Kind Zeuge gewesen. Diese grauenvollen Bilder vergaß ich nie wieder. Eine Freundin erklärte sich bereit, diese Horroraufgabe für mich zu übernehmen. Sie wollte den Anhänger mitsamt Charisma zum Schlachter fahren und so lange bei Charisma bleiben, bis diese erlöst war. Wir saßen in der Küche und tranken Kaffee, plauderten und versuchten uns irgendwie abzulenken. Wie makaber, wenn ich heute an diesen Tag zurückdenke. Wir machten beide gute Miene zum bösen Spiel. Wie absurd. Als es dann soweit war und wir Charisma verladen wollten, traf meine Freundin das erste Mal auf die Stute. Nie zuvor sind sich die beiden begegnet. Sie blickte Charisma ins Auge. Betrachtete die Vorderbeine des Pferdes, strich Charisma über den Kopf und sagte zu mir: "Dieses Pferd fahre ich nicht weg! Die Stute will leben, siehst du das nicht in ihren Augen? Siehst du es nicht, das Leben in diesem Pferd? Wenn du Charisma schlachten möchtest, bringe sie bitte selber weg! Ich kann das nicht, dieses Pferd töten! Erwartet habe ich ein Pferd, das leidet, das erlöst werden möchte. Ein Pferd, das den Kopf hängen lässt vor Schmerzen. Vor mir steht ein starkes Pferd mit klaren Augen und es macht mir nicht den Eindruck, als ob es sterben möchte!" Meine Freundin reichte mir das Halfter und den Führstrick. Für einen Moment traf mich Sprachlosigkeit und völlige Verwirrung. Wie bitte? Machte sie Spaß? Wollte sie Zeit gewinnen? Mich trösten? Das konnte kein Trost sein. Charismas Bein war hinüber. Der Knochen in zig Einzelteile zerlegt worden. Das Röntgenbild sprach eine deutliche Sprache. Charisma litt an starken Schmerzen und musste deshalb zeitnah erlöst werden. Sollte ich den Pferdeschlachter etwa zu mir nach Hause bestellen und zusehen, wie er herzlos und ohne jegliches Gefühl Charisma auf seinen LKW des Todes verladen würde? Nein, das konnte ich dem Pferd nicht antun. Vielleicht schien das jedoch die bessere Idee, als Charisma selbst dorthin zu bringen.

So schlimm es für uns alle war in dem bitteren Moment der Wahrheit. Charisma musste weg von meinem Hof, sie musste erlöst werden, es führte kein Weg daran vorbei. Die offene Frage blieb "Wie" und "Wer" sollte das erledigen? Ratlos und entsetzt blickte ich meine Freundin an. Charismas Blick damals, als meine Freundin Petra und ich vor ihrer Stallbox standen und uns beratschlagten, wie wir mit der Stute verfahren sollten. Ich glaube, Charisma wollte uns damals signalisieren, dass sie den ganzen Wirbel um sie herum gar nicht verstehen konnte, denn ans Sterben dachte sie persönlich überhaupt nicht! Tja, da war wirklich guter Rat teuer. Meine Freundin wollte nicht, ich konnte nicht. Was sollte ich also tun? Was sollte mit Charisma geschehen? Die Worte meiner Freundin Petra berührten und stimmten mich nachdenklich. Einerseits war ich unheimlich sauer und enttäuscht, dass sie Charisma nicht fahren wollte. Erschrocken natürlich auch über ihre Aussage, dass Charisma den Anschein machte, dass sie leben wollte, anstatt zu sterben. Natürlich hätte auch ich dem Pferd lieber eine Überlebenschance ermöglicht, wenn es einen Weg gegeben hätte, als es umzubringen. Die gab es aber nicht! Wut und Traurigkeit vermischten sich mit meinem Entsetzen, dass meine Freundin Petra sich dagegen wehrte, Charisma zum Schlachter zu fahren. Immerhin hatte sie mir das versprochen, die traurige Aufgabe zu übernehmen. Was war es in den Augen des Pferdes? Sprachen sie wirklich eine deutliche Sprache? Hatte sie tatsächlich Recht, meine Freundin Petra? Stand in Charismas Augen, dass sie leben wollte? Leben um jeden Preis!? Konnte ich das denn nicht lesen oder wollte ich es nicht? Mit den Tränen kämpfte ich. Würde ich Charisma umbringen, gäbe es kein Zurück mehr, das hätte ich niemals wieder ungeschehen machen können. Mein Blick suchte den des Pferdes. Charismas Blick aus ihren treuen und warmherzigen Augen trafen mich mitten ins Herz. Das Leben konnte grausam sein. Ja, es stand in Charismas Augen geschrieben und jeder Mensch mit nur etwas Gefühl konnte das auch in ihnen lesen. ..Wenn er hinsah...! Sieh in

ihre Augen hinein! Diese sprachen eine ganz deutliche
Sprache: Charisma wollte leben und nicht sterben! Nach
Rücksprache mit dem Tierarzt, ob es tatsächlich keine andere
Möglichkeit gab, als Charisma zu töten, sagte dieser, wir
könnten versuchen, Charisma für mindestens sechs Monate in
ihrer Box einzusperren. Wir müssten jedoch dafür Sorgen
tragen, dass sie sich nicht hinlegen konnte. Anfangs hielt ich
seine Aussage für einen Witz. Für einen sehr schlechten. Wer
Ahnung von Pferden hat, der weiß, dass das beinahe
unmöglich ist. Pferde sind lauffreudige Tiere. Ihr Organismus
ist auf Bewegung ausgerichtet und nicht auf den totalen
Stillstand. Charisma also sechs Monate lang angebunden in
der Box einsperren? Das schien mir Tierquälerei und
aussichtslos ebenfalls. Solch ein schweres Tier musste sich
hinlegen. Es konnte doch nicht über so einen langen Zeitraum
sein eigenes Körpergewicht tragen, ohne auszuruhen. Das
hätte selbst ein gesundes Pferd nicht schaffen können. Es
vergingen genau drei Tage, an denen ich mich immer wieder
zu Charisma in die Box setzte und versuchte ihr zuzuhören,
was sie mir zu sagen hatte. Eine Entscheidung musste
getroffen werden. Emotional besonders intensive Tage waren
das für mich. Mein Gott, das Leben konnte wirklich grausam
sein, wenn du als Mensch plötzlich über Leben und Tod
entscheiden solltest. Eigentlich war es meine Pflicht, das
Leiden eines hilflosen Tieres zu beenden! Es jedoch
hinauszuzögern? Durfte ich das? Hatte ich das Recht dazu?
Auf ein Wunder hoffen, konnte ich das? Charisma sollte
leben!! Egal was passieren würde, ich versuchte das
Unmögliche. Ging die Sache schief, töten konnte ich die Stute
immer noch. Nach meiner Entscheidung, Charisma sollte
leben, stand das Pferd wie mit dem Tierarzt besprochen,
angebunden auf einer Stelle in seiner Box, beinahe völlig
bewegungsunfähig. Ein Heunetz hing ich der Stute vor ihre
Nase, damit sie beschäftigt war. So zogen die Tage und
Wochen ins Land. Während Charismas Pferdekumpels den
Sommer auf der Weide verbrachten, harrte die Stute eisern in

ihrer Box aus. Charisma muckte nicht auf. Nicht einen Tag schimpfte oder jammerte sie über ihr Schicksal. Nie wurde sie ungeduldig. Ich glaube, Charisma wusste genau, was mit ihr geschah und was auf dem Spiel für sie stand. Ihre Augen. Ihr Blick. Immer fröhlich. Immer gut gelaunt. Aufmerksam war sie, die Stute! Sie beobachtete genau die täglichen Abläufe im Stall. Ebenso beobachtete sie mich. Jede meiner Bewegungen. Keine Einzelheit entging ihr. Niemals wirkte dieses Pferd traurig oder gar niedergeschlagen. Unzufrieden, noch garstig! Nein! Trotz der starken Schmerzen, die Charisma anfangs erleiden musste, blieb sie unglaublich tapfer. Absolut entschlossen zu leben war sie, diese wahnsinnig starke Stute. Die Entschlossenheit beschrieb dieses Pferd bestens. Ihren Weg zog Charisma gnadenlos durch. Sie tat mir so unendlich leid. Ihr Schicksal ging mir sehr nahe und zu Herzen. Natürlich nicht nur mir. Jeder Mensch, der Charismas Geschichte kannte, verteilte eine große Portion Mitleid an mich und an das Pferd. Helfen konnte uns jedoch niemand. Deren Mitleid schon gar nicht. Wenn ich mit Charisma sprach, dann war es, als sagte sie oftmals zu mir: „Anais, sei nicht traurig, alles wird gut! Ich schaffe das! Bitte nicht weinen! Bitte glaube an mich! An uns!" Ja, verdammt was habe ich geweint. Meistens aus Ehrfurcht und Respekt vor diesem außergewöhnlichen Pferd. Mein schlechtes Gewissen und die Schuldgefühle gegenüber Charisma brachten mich an manchen Tagen beinahe um. Natürlich spürte Charisma, dass sie zu ihren gesunden Zeiten nicht wirklich willkommen gewesen ist in meinem Leben. In dieser fast aussichtslosen Lage, in der sich das Pferd befand, war es, als tröstete mich das Tier über meinen eigenen Schmerz hinweg. Dabei erlitt es selbst Schmerzen. Paradox oder? Der Bruch des Ellenbogens schmerzte Charisma sicherlich höllisch. Schmerzmittel gab ich der Stute damals keine, damit sie bloß nicht auf die Idee kam, sich in der Box vielleicht doch noch hinzulegen. Das wäre ihr sicheres Todesurteil gewesen. Natürlich weinte ich aus Traurigkeit. Hilflos fühlte ich mich. Konnte dem Lauf der

Dinge nur gelähmt zusehen und das Beste hoffen. Manchmal träumte ich nachts, dass sich Charisma in ihrer Box hingelegt hatte. Kerzengerade schoss ich aus dem Bett und lief zum Fenster. Von meinem Schlafzimmerfenster aus konnte ich direkt hinaus zu ihrer Box sehen. Charisma aber stand wie angewurzelt hinter der Stalltür. Tag und Nacht. Bewegungslos. Sie machte nicht einmal den Versuch, sich loszureißen oder niederzulegen. Nachts lag ihr Kopf auf der Stalltür ihrer Aussenbox gelehnt. Die Augen geschlossen. So schlief diese Stute. Welch ein zu Herzen gehender Anblick. Man war machtlos gegenüber den Dingen, die da ihren Lauf nahmen, fühlte sich ohnmächtig, es gab nichts tun...außer zu hoffen und zu beten. Dieser Schmerz, ein Tier in dem Zustand zu erleben. Es zerriss meine eigene Seele. Meine Güte, was war ich verzweifelt. Warum schlug das Schicksal so grausam zu? Charisma hatte doch niemandem etwas Böses angetan. Womit verdiente sie dieses traurige Schicksal? Die Schuld suchte ich stets bei mir. Meine Selbstsucht, meine Verachtung gegenüber dem Pferd. Wie sollte ich das, was geschehen war, jemals wieder gutmachen können? Einen erbitterten Kampf führte ich. Ging sehr hart mit mir ins Gericht. Weinte aus Scham und Wut über mein eigenes Verhalten. Charisma ist so "taff" und hart im Nehmen gewesen. Sie war wirklich äußerst zäh und widerstandsfähig. Kein anderes Pferd, das je in meinem Besitz gewesen ist, war annähernd so kraftvoll wie diese Stute. Das Pferd ist während der schweren Zeit eindeutig belastbarer gewesen als ich es war. Auch im Herzen. Solch ein Schicksal zu verkraften, da gehörten Mut, Ausdauer, Stärke und ein phänomenaler Wille dazu. Charismas eiserner Wille zu leben, machte mir das Herz schwer. Mein Respekt und die Achtung gegenüber der Stute wurden grösser und grösser. Ehrfurcht und Demut überkamen mich. Charisma war ein besonderes Pferd. Großartig und wundervoll. Einzigartig in ihrem Verhalten während der Zeit ihrer Erkrankung. Das zeichnete ihre Liebenswürdigkeit aus. Dass Charisma nichts anderes als meine Liebe verdiente, das begriff ich, als wir beide notgedrungen aufeinander angewiesen waren. Charisma deshalb, dass ich sie nicht aufgab und sie doch noch hätte sterben müssen, weil ich vielleicht die Nerven verlor. In einem gewissen Abhängigkeitsgefühl stand ich Charisma gegenüber, weil ich unsere "Geschichte" zu einem guten Ende bringen wollte. Meiner Meinung nach bin ich dem Pferd das schuldig gewesen. Also lag es allein in meinen Händen, alles dafür zu geben, dass Charisma wieder gesund wurde. Das Tier lehrte mich nebenbei ganz wichtige Dinge während unseres gemeinsamen Weges: Respekt, Ehrfurcht und Demut gegenüber einem Lebewesen. Außerdem, wie es um Vorurteile im Leben bestellt war. Charisma lehrte mich, "sie" zu lieben. Ein Tier lehrte mich, es zu lieben. Aufrichtig zu lieben. Bedingungslos. Klasse, oder? Ihre Selbstlosigkeit meiner Person gegenüber war beispielhaft. Zum Niederknien. Charismas Charakter war einzigartig und wundervoll. Dieses Pferd verdiente mehr als "nur" meinen Respekt und meine Achtung. Selbst wenn sich diese Tragödie auch „nur" zwischen einem Menschen und einem Tier abspielte. Das Drama um dieses Pferd lehrte mich so vieles in der Zeit. Charisma lehrte mich ebenfalls, ein anvisiertes Ziel nicht aus den Augen zu verlieren und für dieses Ziel zu kämpfen! Mit allen Mitteln. Unser beider Durchhaltevermögen war beachtlich. Halt und Kraft fand ich während des Weges in Charisma selbst. Charismas eiserner Wille, um jeden Preis überleben zu dürfen, trieb mich an, weiterzumachen. Tag für Tag. Woche für Woche. Wer nicht wagt, wird niemals gewinnen! Das wunderbare Wort "Verzeihung" ließ mich Charismas Geschichte ebenfalls genauer hinterfragen. Hinsichtlich meiner eigenen Person. Charisma hatte mir meine Nichtsympathie ihrer eigenen Seele längst verziehen. Wahrscheinlich hatte sie mir das nicht einmal übel genommen! Während ich für die Stute also nicht wirklich Sympathieträger gewesen bin, akzeptierte und respektierte Charisma mich ohne Kompromisse. Bedingungslos. Grandios, in einer schwierigen Lebenssituation oder nennen wir es auch

Krise, eine Reise ins eigene "Ich" zu unternehmen. Nichts anderes durchlebte ich mental auf der Reise des Schicksals mit Charisma an meiner Seite. Kämpfen, um das Ziel am Ende eines steinigen Weges zu erreichen, den Charisma und ich gemeinsam durchstehen mussten! So lautete meine Aufgabe, die mir jeden Morgen beim Aufstehen wieder und wieder bewusst in den Kopf schoss. Tränen und Traurigkeit überkamen mich häufig. Zwischendurch schwächelte ich immer wieder, wollte aufgeben. Alles hinschmeißen. Kapitulieren. Meine Nerven hielten dem Druck kaum noch stand. Mein Gewissen signalisierte mir, dass es für Charisma ein unwürdiges Leben war. Angebunden und bewegungslos in ihrem Boxenknast. Die Höchststrafe für ein Pferd, diese absolute Bewegungsunfähigkeit. Grausam mein Verhalten und unmenschlich, was ich dem Pferd antat, mit meiner Entscheidung, es einfach wegzusperren. Darüber durfte ich damals nicht weiter nachdenken. Unter Charismas Hufen krabbelten bereits die Maden. Hufe auskratzen war nicht möglich, sie durfte das gebrochene Bein nicht zu stark belasten. Jeden Tag, Stunde um Stunde, nur auf einer Stelle stehen zu müssen, wie grausam! Stellt Euch das einmal vor. Jeder der ein Pferd besitzt! Hättet ihr das geschafft? Euer geliebtes Tier einzusperren für fast 200 Tage? Vergesst bitte nicht, ihr hättet zusehen müssen, wie ihr aus einem Lebewesen, das zum Laufen geboren war, ein unbeweglich versteinertes "Etwas" gemacht hättet. Ein "Etwas" das nicht mehr der Natur des Tieres entsprach. Das ertragen zu können und ansehen zu müssen...Sterben zu dürfen, hielt ich ehrwürdiger für Charisma als in ihrem Gefängnis dahin zu vegetieren. "Verrotten" hätte man es auch nennen können. Zwischendurch spielte ich mit dem Gedanken, den Zustand tatsächlich zu beenden. Natürlich gab es damals auch Menschen, die mich aufrichtig darum baten, Charisma zu erlösen. "Dem Leiden des Tieres ein Ende zu setzen". Trotz alledem hielt ich irgendwie weiter durch. Allen Widrigkeiten zum Trotz, ignorierte ich die Menschen, die an unserem Stall

entlang kamen, weil sie dort zufällig spazieren gingen und
mich mit lästigen Fragen bombardierten. Warum das Pferd
festgebunden in der Box stehen musste. Was mit dem Pferd
passiert war. Warum es einen Unfall erlitten hatte und ob es
die Idee meines Tierarztes gewesen wäre, ein Pferd in der Box
monatelang angebunden einzusperren. "Hirnverbrannt",
beschimpften mich einige mir völlig fremde Menschen. Tag
für Tag hoffte ich, dass nicht jemand vom Tierschutzverein
vorbei kam. Man hätte mich unter Umständen zwingen
können, Charisma zu töten. Meine Methode der
"Pferdehaltung" in Charismas Zustand mit einem gebrochenen
Bein war zu dem damaligen Zeitpunkt sehr fragwürdig.
Äußerst brisantes Thema in der Rubrik "Tierschutz". Auf sehr
dünnem Eis bewegte ich mich. Dessen war ich mir bewusst.
Zu meinen seelischen Schmerzen über das Leid des Pferdes
und all dem Kummer kam das Wissen um die Gefährlichkeit
der Angelegenheit erschwerend hinzu. Charisma hätte
jederzeit durchdrehen und der Knochen völlig "bersten"
können, wenn die Stute die Nerven verloren hätte eines Tages.
Ein Pferd in solch einem gesundheitlich schlechten Zustand
bedeutete nichts anderes, als eine tickende Zeitbombe.
Gewissensbisse und die Frage nach dem, was richtig und was
falsch gewesen ist, beschäftigten mich damals Tag und Nacht.
Wer hätte mir diese Frage jemals beantworten können? Töten
des Pferdes oder aber der waghalsige Versuch, den Bruch
einfach verheilen zu lassen? Dem Tier lediglich Zeit zu geben?
Selbst ein Amtstierarzt hätte keine eindeutige Entscheidung
treffen können, bei der er sich sicher sein konnte, dass es die
richtige gewesen wäre. Bei Charisma handelte es sich nicht
um irgendein Pferd wie jedes andere. Ihr Schicksal ließ sich
nicht anhand irgendwelcher tierärztlichen Erfahrungen aus
Lehrbüchern pauschalisieren. Wir befanden uns in einer Art
Versuch. Experiment hätte man es auch nennen können.
Versuch machte klug oder so etwas in der Art. Experiment mit
ungewissem Ausgang. Mein damaliger Freund besaß den
Waffenschein. Er war berechtigt, im Notfall zu schießen oder

jemanden zu erschießen. Er hätte Charisma im Ernstfall also
auch erschießen können. Ob mich das damals beruhigte?
Jederzeit hätten wir es beenden können! Ich glaube wenn ich
heute zurückdenke, ja das hat es! Dass wir scheitern würden,
davon ist mein Tierarzt damals überzeugt gewesen. Ins
Gesicht sagte er mir das allerdings nicht. Falls er es getan
hätte, hätte mich das von meiner Vorgehensweise abgehalten?
Hätte es Charismas Geschichte wesentlich verändert in ihrem
Ausgang? Ich weiß es nicht. Wahrscheinlich ja...! Ein ganz
großes Danke an ihn, dass er das damals für sich behalten hat.
Für sich behalten, dass er weder an Charisma noch an mich
geglaubt hat. Mittlerweile war es mir zu einem regelrechten
Bedürfnis geworden, für und um dieses Pferd zu kämpfen. Für
Charismas Leben alles zu geben, was in meiner Macht stand.
Ganz egal wie und wo er enden mochte unser Weg. Charisma
und ich würden ihn gehen, bis zum bitteren Ende. Das war
mein Entschluss. Die Stute hatte stets einen klaren Blick.
Aufgeweckt war ihr Verhalten. Es ging ihr scheinbar gut.
Dessen war ich mir sicher und mein Gefühl bestärkte mich,
weiterzumachen, denn wir konnten das tatsächlich schaffen.
Charisma hatte wahrhaftig eine reelle Chance! Damals
verbrachte ich den größten Teil meines Tages mit Charisma.
Mein Tag gehörte dem Pferd. Meine Gedanken und Gefühle
ebenfalls. Wäre es Charisma wirklich schlecht gegangen, dann
hätte ich sie erlöst. Ja! Natürlich. Dass ich auch den Weg des
Tötens immer noch hätte gehen müssen, das ist mir bewusst
gewesen. Jederzeit, jeden Tag, jede Stunde konnten
unvorhergesehene Dinge mit Charisma geschehen. Das Pferd
hätte Kolik, Lymphangitis, oder im schlimmsten Fall eine
Lungenentzündung bekommen können. Welch ein Wunder,
denn alles lief reibungslos gut. Charisma meisterte ihr
Schicksal mustergültig. Fast vorbildlich. Zum Sterben bestand
keinerlei Anlass. Vom Tod entfernten wir uns Tag für Tag ein
wenig mehr. Gib nicht auf Anais, dieses Pferd glaubt an dich!
Charisma liebt und braucht dich, sprachen meine Gedanken zu
mir. Die Stimme meiner Seele sprach aus meinem Herzen.

Verrückt oder?! Ziemlich crazy die Story um dieses Pferd. Ein Pferd machte mir Mut. Mut, es nicht aufzugeben und es liebte mich! Charisma liebte mich, egal wie ich mich entschieden hatte. Tod oder Leben für diese Stute, Charisma hätte mich so oder so geliebt, immer! Entscheidungsunabhängig. Auch wenn ich Charisma getötet hätte. Das Schicksal eines Pferdes lag allein in meinen Händen. Charisma liebte mich, trotz dass ich sie nicht liebte. Zumindest tat ich das nicht am Anfang unseres Weges, vor ihrem Unfall. Das war der Anfang unseres Weges in der Geschichte und ihr trauriger Inhalt. Ein sehr trauriger und beschämender! Wenn wir nicht einfach immer weiter gegangen wären und sich langsam aber sicher alles zum Guten gewendet hätte. Bewegten wir uns in die Richtung eines Happy Ends? Woher sollte ich das wissen? Wissen, dass alles gut werden würde? Zu wissen, wo endete der Weg? Charisma plötzlich lieben zu können, trotz, dass sie mir nie wieder das Ideal sein konnte, das ich mir immer gewünscht hatte, machte mich sehr glücklich. Von dem ersten Tag an, als Charisma und ich uns begegneten, ist es mein Wunsch gewesen, ein tolles Springpferd zu besitzen. Mit ihr. Dieser Stute. "Charisma". Mein Wunsch, "es allen noch einmal zu zeigen!" Der Traum zerplatzte durch das tragische Schicksal, das Charisma ereilte. Der zerplatzte Traum spielte einige Wochen später auf einmal schlagartig überhaupt keine Rolle mehr für mich. An dieser Stelle der Geschichte nahmen auch meine Schuldgefühle gegenüber Charisma etwas ab. In Charisma ruhten damals all meine Hoffnungen, mein sehnsüchtiges Comeback, mein Erfolg. Meine Leistung noch einmal unter Beweis stellen zu können. Anfangs der Geschichte war ich egoistisch und selbstsüchtig in meinem Verhalten. Verachtung schenke ich mir heute noch in dem Kapitel der Geschichte. Dazu möchte ich sagen, in meinem Leben gab es nur zwei Pferde mit Beinbruch. Leandra und Charisma. Für Leandra kam damals jede Hilfe zu spät. Sie musste sofort eingeschläfert werden. Der Bruch hatte sich bereits im Knochen infiziert, es war eine offene Fraktur. Da hast du als Pferdebesitzer keine Chance.

Kein Tierarzt hätte das operiert. Leandra wurde mir grausam vom Schicksal entrissen. Nichts blieb mir. Außer der Traurigkeit um den Verlust meines geliebten Pferdes. All die anderen Pferde, die nach Leandra folgten, versuchte ich mit der Stute zu identifizieren, aber keines ist auch nur annähernd gewesen wie sie. Leandra zu verlieren, war der schlimmste Einschnitt in meinem Reiterleben. Charisma jedoch blieb mir! Wir stellten uns entschieden gegen das Todesurteil trotz ihres Beinbruchs. Wir versuchten etwas Wundervolles. Nämlich, an das Gute im Leben zu glauben. Hofften auf ein Wunder. Damit tröstete ich mich damals unheimlich, dass sie mir erhalten geblieben ist. Selbst mit dem Wissen, dass sie zu gar nichts mehr taugen würde. Noch nicht einmal mehr als Reitpferd für in den Wald zu juckeln. Charisma wäre im Idealfall nur noch ein Pferd zum Angucken, zum Liebhaben gewesen. Auf der Koppel. Das war völlig in Ordnung. Sie war da, an meiner Seite, Charisma lebte und das reichte mir aus! Auf einmal bist du im Leben mit viel weniger zufrieden und glücklich. Du hast gelernt, wie wertvoll die Dinge im Leben sein können und wie schnell du sie wieder verlieren kannst. Wie zerbrechlich sie sind. Morgens nach dem Aufwachen, sprang ich aus dem Bett, schob die Gardine beiseite, sah aus dem Fenster und erblickte "meine Charisma". Fröhlich war sie. In ihrem Blick erkannte ich das. Ihren Namen rief ich hinaus auf den Hof durch das geöffnete Fenster. Charisma hob den Kopf und wieherte mir freudig zu. Obwohl sie immer noch angebunden auf einer Stelle in ihrer Box stand, war sie zufrieden und ausgeglichen. Tag für Tag. Vom Sommer in den Herbst und vom Herbst gingen wir gemeinsam in den Winter. Die Schneegänse beobachteten wir, als diese Richtung Süden zogen. Charisma erfreute sich eines wundervollen Ausblickes aus ihrer Box. Sie bewohnte eine der Aussenboxen mit "Promenadenausblick". Ihren Kopf hielt ich liebevoll in meinen Armen. Charisma liebte es, von mir gekuschelt zu werden. Aufmerksam blickte sie zum Himmel hinauf, an dem die Gänse entlang ihre Bahnen zogen. Der nahende Winter ließ sich in der kalten Luft schmecken. In solchen Momenten des Lebens spürte ich Glück im Herzen. Klare Luft, blauer, sternenklarer Himmel und deinen eigenen Atem als neblige Dunstwolke zu den Sternen hinaufsteigen zu sehen, was brauchst du mehr im Leben zum Glücklich sein? Zu Charisma sagte ich: "Wenn sie zurückkommen die Gänse, dann wirst du längst wieder auf der Weide galoppieren und alles wird so sein, wie ich es mir für dich wünsche! Du wirst frei und glücklich sein!" Charismas Anblick machte *mich* glücklich. Tag für Tag. Charisma ist alles für mich gewesen. Alles, was mir etwas bedeutete in meinem Leben. Mein Gott, wie sehr liebte ich dieses Pferd. Kann sich jemand vorstellen, wie es sich anfühlt? Die Erfahrung zu machen, wie viel mehr es dir plötzlich bedeutet, dass du auf einmal viel weniger besitzt als du vorher besessen hast? Weil du weißt, dass du mit gar nichts hättest dastehen können? Diese Erfahrung ist einzigartig. Seit ich sie gemacht habe, bin ich im Leben generell viel gelassener geworden. Ruhiger und ausgeglichener. Einfach glücklicher. Das ist auch eine Art von Freiheit. Innerliche Befreiung. Das Schicksal drehte den Spieß auf einmal um und ich fand mich in einer völlig anderen Situation wieder! Ein Mensch, in dem Falle ich, bin von einem Tier geliebt worden, trotz dass ich mich einfach nur grausam und ungerecht gegenüber diesem verhalten hatte. Das ist schon... naja, mir fehlen gerade die passenden Worte. Kann man sich denken oder? Nicht, dass ich Charisma jemals geschlagen oder absichtlich schlecht behandelt hätte. Nein. Natürlich nicht! Ein schrecklicher Unfall musste jedoch erst geschehen, damit sich meine Augen und mein Herz für Charisma öffneten. Das war schlimm genug, um meine Schuldgefühle an die Spitze des Möglichen zu treiben. Es noch ertragen und aushalten zu können! Schrecklich grausam. „Gewissensbisse pur!" Das schlimmste Gefühl, das dir passieren kann im Leben ist, wenn du plötzlich gespiegelt wirst und feststellst, dass du dich unmöglich benommen hast! Du erschreckst dich zutiefst vor dir selbst. Charisma hatte mich auf eine Art gespiegelt. Die

Erkenntnis tat weh. Sie hinterließ eine Wunde in meinem Herzen. Eine schlecht heilende. Diese Narbe bleibt für den Rest meines Lebens in meiner Seele. Jedes Mal wenn der Tierarzt zu uns auf den Hof kam, fragte er, wo das Pferd mit der Trümmerbruchfraktur sei! Wenn ich ihm die Stute zeigte, sagte er fassungslos: „Das glaube ich nicht! Das Pferd hat kein Gramm Muskulatur verloren, dieses Pferd hat vom auf der Stelle stehen keine dicken Beine. Dieses Pferd sieht nicht unglücklich aus, dieses Pferd ist ein Wunder! Das kann nicht das Pferd mit der Fraktur sein! Unmöglich!" Tatsächlich schaffte ich es, Charisma sechs Monate angebunden in der Box zu halten, ohne dass sie sich hinlegte. Es war schon im November, die Weidezeit längst vorbei. Charisma durfte sich nach dieser langen Zeit endlich wieder hinlegen. Der Bruch musste stabil genug sein, um die Belastung aushalten zu können, sollte sich das Tier niederlegen. Charisma konnte ich im Stall somit erstmals losbinden. Dieser Moment! Zu wissen, das Allerschlimmste war ausgestanden. Endlich! Er fühlte sich unbeschreiblich gut an und so verdammt zeitlos. Was danach kommt und wie es weitergehen würde mit Charisma, daran dachte ich nicht. Der Tierarzt und ich waren uns sowieso einig gewesen, dass Charisma dauerhaft unreitbar sein und sie unter Belastung garantiert lahmen würde. Bis Charisma überhaupt erst einmal wieder Laufen durfte und konnte, was ich sehr hoffte für die Stute, war es noch ein weiter Weg. Sollte sie lahmen, weil sich ihre Muskeln verkürzt hatten, das war mir unwichtig. Wichtig war mir nur, dass Charisma lebte. Mein Gott, wir hatten es geschafft! Tatsächlich hatten wir 6 Monate Anbindehaltung hinter uns liegen. All die schlimmsten Befürchtungen waren ausgestanden. Die Befreiung aus der totalen Isolation für Charisma. Welch ein Ereignis! Das sind Momente im Leben, die du nie wieder vergisst! Da möchte man am liebsten schreiend im Kreis rennen, die Faust gen Himmel heben und juchend die ganze Welt umarmen! Das Victoryzeichen stand jedenfalls in meinem Augen, das könnt ihr mir glauben.

Dezember 2012...

Charisma durfte erstmals aus ihrer Box hinaus und täglich außerhalb ein wenig herumgeführt werden, mit langsamer Steigerung. Die Stute war so unendlich brav. Jedes andere Pferd wäre wahrscheinlich kopflos davon geschossen oder hätte mich umgerannt aus Freude über die wieder gewonnene Freiheit. Bei den Witterungsverhältnissen, die Straße an meinem Stall war teilweise glattgefroren, hätte Charisma auch stürzen können. Nicht auszudenken, wenn sie ausgerutscht wäre. Pferde können ihrem "Leittier Mensch" gegenüber schon mal sehr stumpf sein. Vor allem, wenn sie lange Zeit ihrem Bewegungsdrang nicht nachkommen durften. Unberechenbar und gefährlich können Pferde in diesen Situationen werden. Da kann es lebensgefährlich sein, ein solches Pferd spazieren zu führen. Gehorsam lief Charisma neben mir die Straße auf und ab. Ihren Auslauf konnten wir Schritt für Schritt erweiterten, indem wir ihr auf der Weide einen kleinen Paddock bauten. 4 x 4 Meter groß. Dort durfte sich Charisma stundenweise auf ihren „ihren großen Tag" vorbereiten und glaubt mir, auf den wartete sie geduldig. Charisma spürte instinktiv, dass er kommen würde. Der Tag, an dem sie wieder laufen durfte! Nach den vielen Tagen des An-der-Hand-Führens, kam schließlich der Tag, an dem Charisma auf die Koppel hinaus durfte. Diese war mittlerweile schneebedeckt. Aufgeregt war ich. Das war ein Ereignis für mich, als würde die Berliner Mauer ein zweites Mal fallen. So muss man sich diesen Moment vorstellen. Nicht dass ich den Mauerfall live erlebt hätte, aber dieses Ereignis, dass Charisma wieder laufen durfte, war für mich vor 4 Jahren "Weltbewegend". Wir haben "den Moment" damals auf Video festgehalten. Es gibt eine Seite auf Facebook von "Charisma", dort ist das Video eingestellt. Das muss man einfach mal angesehen haben, dann weiß jeder Mensch, wie ein glückliches Pferd aussieht. Auch diejenigen, die gar keine Ahnung von Pferden haben. Das leise, kaum hörbare Klicken des Schnappers vom Führstrick.

Halfter und Strick trennten sich. Im selben Moment schoss Charisma los. Sie galoppierte und tobte durch den Schnee, als hätte sie nie etwas anderes in ihrem Leben getan. Voller Freude buckelte sie und keilte aus. Ihre Beine flogen hoch durch die Luft. Die Freudensprünge wollten gar nicht mehr aufhören. Mit Hingabe verfolgte ich jede ihrer Bewegungen. Gerührt war ich und fassungslos zugleich, das Schauspiel erleben zu dürfen. Charisma tollte ausgelassen und munter durch den Schnee, als hätte sie nie etwas anderes getan in den letzten 7 Monaten. Zwischendurch lief sie zu mir an den Zaun, hielt kurz inne, leckte meine Hand und preschte wieder auf und davon. Sie schnaubte wie ein Wildpferd. Charisma war so unheimlich happy an dem Tag. Unbeschreiblich emotional und herzzerreißend ist diese Szene für ihren Betrachter gewesen! Dieser Moment, nach 7 Monaten Gefängnis kam die Freiheit für Charisma zurück. Unvergessen! Für immer ins Herz gebrannt all jener, die dabei gewesen sind! Welch eine Geschichte! In dem Moment als das Pferd nach dem monatelangen Horrorszenario über die Weide galoppierte, wusste ich, Charisma war das Beste, das mir mein Leben jemals geben konnte. Mein Freund, meine Pferdepflegerin, meine Reitbeteiligung, alle nahmen mich herzlich in den Arm, sie waren ebenso ergriffen wie ich und sie freuten sich für mich und Charisma. "Ihr habt es geschafft!" Nie werde ich Lisas Worte vergessen. Die Worte meiner damaligen Pferdepflegerin. "Charisma ist ein Wunder und dass sie wieder laufen darf, ist nur möglich, weil du an sie geglaubt hast! Charisma verdankt dir ihr Leben, Anais!" Die vergangenen Monate waren wie ausradiert, wie weggeblasen. Ein Pferd, das an diesem Tag Geschichte schrieb und sich in die Herzen derer galoppierte, die 7 Monate lang mit der Stute zusammen gelitten hatten. Für mich war dieses Wunder unfassbar. Charismas Geschichte hatte mich zu dem traurigsten und glücklichsten Menschen *gleichzeitig* gemacht. An diesem Tag weinte ich vor Rührung. Meine Freude war groß. All der Schmerz der vergangenen Monate schien vergessen und all die

Mühen hatten sich ausgezahlt. Für nur diesen einen Moment. Charisma wieder in der Bewegung ansehen zu dürfen, dieser Tag bleibt unvergessen. Als Charisma wieder regelmäßigen Weidegang haben durfte nach ihrem verheilten Beinbruch, war es eine Freude, ihr beim Herumtoben zuzusehen. Sie lief voller Stolz, erhaben und sie war frei und unbeschwert. Es war, als hätte es nie diesen tragischen Vorfall vor einem dreiviertel Jahr gegeben. Ein Wunder diese Stute. Es war immer noch Winterzeit, als Charisma wieder täglich mit den anderen Pferden zusammen hinaus auf die Koppel ging. Das Wetter bot nicht unbedingt ideale Bedingungen für ein Pferd, das sich 7 Monate zuvor nicht mehr hatte frei bewegen dürfen und festgebunden im Stall seine Zeit verbracht hatte. Der Boden auf der Weide war hart gefroren und somit sehr uneben. Natürlich hatte ich Angst. Angst, dass der Knochen nicht halten und erneut brechen würde. Angst, dass all das Warten, das Bangen und die Hoffnungen umsonst gewesen waren. Ein falscher Tritt vielleicht und Aus! Vorbei! Irgendwann sprang Charisma dann auf einmal über den Zaun. Einfach so. Das war höchstens zwei Wochen später, nachdem sie überhaupt erstmals wieder hinaus durfte. Vom Einkaufen kam ich. Nachmittags. Alles verschneit, glatte Straßen, die Pferde tobten im Schnee und als sie mein Auto hörten und es schließlich sahen, wussten sie, es gab gleich Futter. Da kam es am Zaun immer zum Gedrängel. Seit jeher. Charisma setzte zum Sprung an...direkt aus dem Stand! Zack!! Mal eben über 1,30 Meter. Meinen Augen traute ich nicht! Puhhhh, das kostete mich als Besitzer Nerven, das sage ich Euch. Verheilter Beinbruch. Winter, Schnee und Eis, gefrorene Weide und Charisma sprang mal eben über den Zaun. Irgendwann sprach ich mit meinem Tierarzt über den Vorfall. Erzählte ihm von Charismas Zaunsprung. Er kam und sah sich Charisma an. Im Stall und in der Bewegung auf der Weide. „Was hast du mit ihr vor? fragte er. „Sie soll eigentlich ein Fohlen bekommen!" „Hatte sie schon ein Fohlen?" „Nein!" „Hast du je darüber nachgedacht, Charisma wieder anzutrainieren und zu reiten?" Dieser Satz und seine Frage ließen mich damals wirklich staunen. Nein! Das hatte ich nicht. Für mich war klar, dass Charisma nie wieder reitbar sein würde. So schade es vielleicht auch war. An dieser Stelle räume ich der Ehrlichkeit halber auch persönlich ein, dass ich nicht wirklich scharf darauf gewesen bin, Charisma wieder zu reiten. Unsere reiterliche Verbindung war einfach nie die beste gewesen, das habe ich am Anfang unserer Geschichte ganz deutlich erwähnt! Ein Fohlen aus der Stute zu ziehen und ihr ein schönes Leben auf der Koppel zu schenken, daran dachte ich. So sah mein Wunsch für Charismas Zukunft aus. Eigentlich...! „Ich hätte zu gerne gewusst, aus medizinischer Sicht, ob es möglich ist, dass dieses Pferd wieder geritten werden kann! Wie sich die Muskulatur entwickelt, unter Aufbautraining und ob sie Muskelverkürzungen aufzeigt die Stute. Natürlich auch, wie sich ihr gesamter Bewegungsapparat durch das lange Stehen in der wiederkehrenden Bewegung verhalten wird. Es wäre für uns Tierärzte wichtig zu wissen, was wir den Besitzern ihrer Pferde mit solch einer eigentlich aussichtslosen Diagnose im Ernstfall raten sollen! An erster Stelle steht doch die sofortige Euthanasie des Tieres. So hatte ich es dir bei Charisma auch angeraten, Anais. Entgegen aller Negativbedenken aus meiner medizinischen Sicht, hat dieses Pferd dennoch eine Fraktur überlebt. Der Fall mit Charisma ist unheimlich selten und in tierärztlicher Geschichte so kaum vorgekommen!" Das waren die Worte meines Tierarztes. Die nächsten Wochen beobachtete ich intensiv Charismas Bewegungen. Lief sie überhaupt klar? Zeigte sie Taktunreinheiten? Schien es, als habe sie Schmerzen? Nein!! Charisma war ein völlig gesundes Pferd. Zumindest äußerlich. Wer nicht wusste, welches Schicksal sie erlitten hatte, diese Stute, niemand hätte etwas bemerkt, ihr angemerkt oder angesehen. Aus einem tiefen inneren Gefühl heraus beschloss ich, das Unmögliche zu probieren. Charisma wieder anzutrainieren. Sie war steif, ungelenkig und eingerostet. Natürlich! Das waren 7 Monate

Stillstehen und ihre Auswirkungen. Die ersten Longe-Arbeiten waren nicht vielversprechend. Charisma jedoch wollte arbeiten. Sie war voller Elan. Trotz ihrer 15 Jahre schien sie kein bisschen müde zu sein. Eisenhart dieses Pferd! Nach den "Longe-Tagen" folgten "Sattel auflegen" und "das Aufsitzen". Meine Reitbeteiligung, ein Fliegengewicht, übernahm die Aufgabe. Mein Gott, welch ein Moment, dieses Pferd wieder unter dem Sattel zu sehen. Damals wischte ich mir viele Tränen der Rührung fort. Völlig ergriffen war ich. Wir alle waren das damals. Meine Pferdepflegerin, mein Freund, meine Reitbeteiligung, sogar meine damals achtjährige Tochter. Niemand konnte glauben, dass Charisma wieder geritten wurde. Sie lief klar, es waren keine Lahmheit zu erkennen. Vielleicht lief sie anfangs eirig und steif, aber sie lief im Takt absolut klar. Die verrückte Entscheidung, sie "Freispringen" zu lassen, Charisma also wieder an Hindernisse heranzuführen, war schnell getroffen. Mittlerweile wollten wir alle wissen: Was würde geschehen? Nachdem meine geschulten Augen, die immerhin 30 Jahre Reiterfahrung auf dem Schirm haben, nach den ersten Versuchen sahen, dass Charisma am Sprung nur noch wenig Qualität hatte, sie schmiss fast jedes Hindernis um, wollte ich der Stute das weitere Trainieren eigentlich ersparen. „Das hat keinen Zweck! Charisma winkelt die Vorderhand nicht mehr genügend an! Springpferd wird sie nicht mehr die Stute," sagte ich zu meiner Reitbeteiligung. Das enttäuschte Gesicht des Mädchens, das voller Hoffnung war, habe ich nie vergessen. Voller Hoffnungen, mit Charisma einmal durch den Springparcours galoppieren zu dürfen. Vielleicht schränkte Charisma der verheilte Bruch im Anwinkeln des Ellenbogens doch zu sehr ein. So waren meine Gedanken. „Lass es uns bitte weiter probieren! Bitte!" bettelte meine Reitbeteiligung. Das Mädel war damals ebenso alt wie Charisma. Ich hatte Charisma als Sportpferd abgehakt. Den Glauben verloren. Den Glauben, ein weiteres Wunder zu erleben, dass Charisma noch einmal zurück in den Sport gekommen wäre. Mein Gott, damit hätte sie Geschichte geschrieben. Wir alle hätten das getan! Und was für eine. Jedoch war es nicht eigentlich "Wunder genug“, dass dieses Pferd überlebt hatte und dass es wieder laufen konnte? Gut, aus der Traum. Wir würden Charisma nicht noch einmal im Springparcours wiedersehen! Meine Reitbeteiligung ließ sich jedoch nicht von mir beirren.„Ich habe in ein paar Wochen ein kleines Springen genannt mit Charisma!" berichtete sie mir stolz. Mit meiner Reitbeteiligung funktionierte Charisma übrigens sehr gut. Ein kleines, dünnes, eigentlich kraftloses Mädchen konnte dieses starke Pferd prima am kleinen Finger reiten. Zwischen uns untereinander hat es keinen Neid gegeben. Wir waren ein Team. Alle, die mit Charisma zu tun gehabt haben im Laufe der Zeit, Pferdepflegerin, Reiterin, ich als Besitzerin, harmonierten hervorragend und wir hielten zusammen. Wir kannten Charismas Geschichte zu genau und sind uns über dieses Wunder bewusst gewesen, welches sich uns offenbarte. Für jeden von uns ist das damals etwas sehr Kostbares gewesen, was wir mit dem Pferd zusammen erlebt hatten. Zu dem Zeitpunkt war Charisma seit einem halben Jahr wieder unter dem Sattel. Ein halbes Jahr nur. Wir fuhren hin zu diesem Turnier. „Wenn Charisma die Turnieratmosphäre spürt, dann gibt sie sich schon Mühe!" prophezeite meine Reitbeteiligung. Das Mädchen war glücklich damals, dass sie Charisma reiten durfte und dass ich es erlaubt hatte, dieses Turnier. Welches ich im Grunde genommen als eine äußerst fragwürdige Aktion betrachtete. Das Turnier lag weit abseits unseres sonstigen Teilnahmeumfeldes. Wir wählten das damals bewusst so, damit wir uns nicht blamierten. Wenn jemand gehört hätte, Pferd mit Beinbruch ging wieder ein Springturnier. Was hätte das bedeutet? Die Menschen reden seit jeher schlecht über andere Menschen. Wenn auch nur hinter vorgehaltenen Händen. Dieses dumme Gerede, das wollte ich mir einfach ersparen. Auf dem Turnier dort, wo wir hinfuhren, kannte uns niemand. Charisma beendete den Parcours an dem Tag zu meinem Erstaunen fehlerfrei. Sie war zwar nicht placiert, aber sie kam einwandfrei ins Ziel. Ich traute meinen Augen nicht, wie spielerisch Charisma durch den Stangenwald galoppierte. Sprachlos und zutiefst berührt war ich. Welch ein großartiges Pferd diese Charisma?! Ein kleines Springen war es "nur" gewesen. Gut. Aber dass das überhaupt möglich war. Charisma wieder in einem Springen starten zu lassen und sie dieses obendrein fehlerfrei absolvierte, das fand ich unglaublich. Es war UNGLAUBLICH!! Charisma zu Ehren eröffnete ich dem Pferd eine eigene Facebookseite. Dort erzählte ich ihre Geschichte: Trotz Beinbruch zurück zum Springpferd! Die Sensation schlechthin. Das hätte eigentlich für alle Beteiligten von uns, die mit diesem Pferd damals zu tun hatten, Respekt und Anerkennung verdient gehabt. Stattdessen kamen wir auf dem nächsten Turnier direkt vom Springplatz in die Dopingkontrolle. Da hatte uns bewusst jemand angeschissen. Unvorstellbar! Pferd mit Beinbruch sprang wieder, so etwas ging nur gedopt! Noch heute, 4 Jahre später, lache ich kopfschüttelnd über die Dummheit der Menschen. Wenn du 30 Jahre lang Pferdesport machst, da hast du es nicht nötig, so eine krumme Nummer abzulegen. Immerhin hatte ich außer meinem Ruf, der aus Neid sowieso nie der Beste war, auch noch meinen Namen zu verlieren. „Springpferd mit Beinbruch gedopt!" Tolle Schlagzeile. Fanden einige meiner "Feinde" damals garantiert lustig. Sonst wären wir in diese unmögliche Situation sicherlich NICHT gekommen. Natürlich war das Ergebnis der Kontrolle negativ!! Allerdings ist der Test für Charisma damals Stress pur gewesen. Nach dem schmerzhaften Beinbruch brachte sie den Tierarzt nur noch mit direkter Gefahr und Schmerzen in Verbindung. Tierärzte ließ Charisma nicht mehr annähernd in ihre Nähe. Generell nicht mehr. Urin wollte sie damals zur Dopingkontrolle nicht absetzen, also musste ihr Blut entnommen werden. Diese unsinnige Prozedur bedeutete der Horror für uns alle. Charisma kannte bei Tierärzten kein Pardon mehr und die Angelegenheit, " mal eben" Blut zu entnehmen, wurde für uns alle sehr gefährlich! Lebensgefährlich zum Teil. Charisma biss um sich, sie stieg und schlug aus. Sie hatte Angst. Angst vor dem Schmerz. Den hat sie nie wieder vergessen in ihrem Leben. Der Knall damals und der Bruch ihres Beines. Ein unvergessenes Trauma für die Stute. Im Zusammenhang mit ihrer Panik vor dem Tierarzt sehr gut nachvollziehbar. Trotz dass ich die Turnierleitung an dem Tag gebeten hatte, auf diese Probe zu verzichten, zum Wohle des Pferdes, wurde solange hantiert, bis man die Probe endlich hatte. Charisma war mit den Nerven an diesem Turniertag am Ende. Wir waren es auch. Schönen Gruss an dieser Stelle an die Menschen, die uns damals in die gefährliche Situation auf dem Turnier gebracht haben! Wir wurden vom Reiterverband nicht gesperrt, wie von diesen Menschen wahrscheinlich erwartet. Die Ergebnisse waren natürlich tadellos. Wir beschlossen, es der Reiterwelt noch einmal richtig zu zeigen. Zu zeigen, was mit Charisma überhaupt möglich war! Charisma fand im Laufe von eineinhalb Jahren zu ihrer alten Form zurück. Sie trug meine Reitbeteiligung durch das für sie erste L Springen direkt in die Placierung. Charisma trug meine andere Reitbeteiligung durch das für sie erste M Springen. Charisma war Programm. Charisma war Konkurrenz. Charisma war voller Ehrgeiz! Charisma, go... !!! Nachdem dieses Pferd vor meinen Augen ein recht schwieriges M Springen absolviert hatte, war ich nervlich so angeschlagen, dass ich eine ganze Nacht lang nach dem Turnier geweint habe. Aus Demut wahrscheinlich. Demut vor der Kreatur Tier. Vielleicht auch aus Fassungslosigkeit, ein Wunder erlebt zu haben.

Einmal bekam diese Wunderstute Kolik. Sie wäre beinahe daran gestorben. Sie ließ den Tierarzt ja nicht an sich heran. Die lebensnotwendige Spritze konnte er ihr nicht geben. Es war nichts zu machen. Charisma drehte an diesem Abend völlig durch. Aus Sicherheitsgründen des Tierarztes und dessen Leben, mussten wir die weiteren Versuche einer lebensnotwendigen Behandlung abbrechen. Transportfähig ist Charisma damals nicht gewesen. „Entweder sie stirbt", oder sie überlebt!" Mit diesen Worten verließ der Tierarzt uns in jener Nacht. Die ganze Nacht blieb ich bei Charisma in der Box sitzen. Ich weinte. Ich betete. Ich hoffte. Ich sprach zu Gott… „Nein! Du kannst dieses Pferd, das einen Beinbruch überlebt hat, jetzt nicht an Kolik sterben lassen!" flehte ich gen Himmel. Das wäre eine Tragödie gewesen... Das hätte ich niemals verkraftet. Charisma überlebte die Kolik. Sie erholte sich gut. Sie war schnell zurück im Sport. Sie liebte es, über die Hindernisse zu springen. Nichts tat sie lieber. Sie war ein Kämpfer! Von Anfang an war sie das. Sie hat uns allen gezeigt, dass man niemals aufgeben darf. Vor allem mir. Es gibt Wunder im Leben! Seit ich dieses Pferd kenne, glaube ich fest daran und ich weiß es heute, denn ich habe es gesehen und erlebt! Ich war dabei. Danke Charisma. Für Alles, das du mich gelehrt hast. Ich werde dich NIE vergessen!! Charisma lebt heute mit 18 Jahren in einer lieben Familie und dient als Lehrpferd für die Kinder.

Sie ist fit wie eh und jeh.. ❤

In tiefster Anerkennung.

In Liebe.

Respekt.

Achtung.

Dankbarkeit.

Demut.

Deine ~Anais~

"Snow Girl"

Foto: Quelle: Mari Mi

Die Schimmelstute mit den Sommersprossen hatte nicht viel Glück gehabt in ihrem bisherigen Leben. Mit ihren gerade mal fünf Jahren hatte sie schon mindestens genauso viele verschiedene Besitzer, wie Lebensjahre. Niemand fand Gefallen an der kleinen Stute. Snow Girl war eine besonders hübsche Stute. Mit ihren klaren, dunklen und großen Augen zog sie die Blicke der Menschen schnell auf sich. Snow Girl war ein Arabisches Vollblut, ein sogenanntes Wüstenpferd. Wenn sie auf der Weide sein durfte, was ihr in ihrem letzten Zuhause leider nur selten vergönnt war, galoppierte sie bis zum höchsten Hügel, stellte sich dort stolz auf, hob aufgeregt den Kopf, spitzte die Ohren und schnaubte wie ein wilder Mustang. Ihr Wiehern klang bittend und flehend, sie rief nach ihrer Herde. Ihre lange Mähne wehte wild und ungezähmt im Wind. Wunderschön war sie anzusehen, die junge Stute. Doch Snow Girl hatte Heimweh, sie war nicht glücklich in dem ihr fremden Land. Ihr Zuhause war das Land des Sandes, die Wüste! Sie war in Arabien geboren und durfte dort zwei Jahre lang wild aufwachsen, es waren zwei wundervolle Jahre. Jahre der Freiheit. Weitläufig war ihre Heimat gewesen. Sie lebte zuvor mit vielen Pferden zusammen in einer großen Herde, die Herde gehörte einem reichen Scheich Arabiens. Ihr Name war auch nicht Snow Girl, sie hieß eigentlich White Desert, man hatte sie in ihrem neuen Zuhause einfach umbenannt. Hier in Deutschland war alles grün, es war kalt und regnete viel. In ihrer Heimat war Snow Girl die tagelange Dürre, die oftmals unerträgliche Hitze und den kargen Wüstensand gewohnt. Es entsprach ihrer Natur. Mit dem Klimawechsel hatte die sensible Stute große Probleme.

Außerdem versuchten die Menschen aus ihr ein Springpferd zu machen. Die kleine Stute war geboren zum Laufen, auf langen Distanzen und nicht für die Welt der bunten Hindernisstangen. Ihr Herz war traurig, sehr traurig. Niemand vermochte das Talent und die Aufgabe der Schimmelstute zu erkennen. Keiner ihrer bisherigen Besitzer sah das wirkliche Potenzial in der Stute. So wurde Snow Girl zum Wanderpokal der Menschen. Den Anforderungen im Stangenwald war das Pferd nicht gewachsen. Die zarte Stute hatte Angst, sich ihre dünnen, wertvollen Beine an den harten Stangen anzuschlagen. Auch mit Prügel ließ sich die Stute nicht überzeugen, über Hindernisse zu springen. Stattdessen galoppierte sie gern ausdauernd über längere Strecken und ließ sich manchmal nicht mehr von ihrem Reiter bremsen. Dieses Verhalten machte die Reiter auf Snow Girls Rücken oft wütend. Sie zerrten wild an den Zügeln und Snow Girl bekam Angst vor ihren harten und groben Händen. Schneller und schneller wurde das kleine Pferd, weil es die Hilfengebung ihrer Reiter nicht verstand. Deshalb musste die Schimmelstute oftmals erneut das Zuhause wechseln. Dabei hätte man die Stute am leichten Bändele mit nur einem kleinen Finger reiten können, wenn man sich auf ihre Sensibilität eingelassen hätte. Eines Tages waren zwei fremde Männer gekommen und sie blieben im Stall vor Snow Girls Box stehen. Man begutachtete die Stute ausgiebig. Die Besitzerin von Snow Girl, eine ältere Frau, schob die schwere Gittertür auf. „Sie ist leider zu nichts gebrauchen! Da bin ich ehrlich zu ihnen! Sie mag weder Springen noch möchte sie unter dem Reiter gehorsam sein! Sie hat gute Papiere, vielleicht könnte man mit ihr züchten...“

Die Männer winkten dankend ab. „Ein Arabisches Vollblut
kauft in Deutschland niemand. Das lohnt nicht mit solch einer
Stute zu züchten!" An einem anderen Ort, von Snow Girl
ungefähr 200 km entfernt, lebte eine junge Frau. Ihr Name war
Helen. Helen hatte nur ein Bein, das hieß nein, eigentlich hatte
sie zwei, aber nur ein gesundes und eine Prothese. Durch einen
schweren Autounfall hatte man ihr das andere Bein
amputieren müssen. Helen kam mit ihrem Schicksal gut
zurecht. Sie war trotz allem ein fröhlicher Mensch geblieben.
Sie liebte nach wie vor das Reiten und die Pferde. Ihren
geliebten Springsport hatte sie jedoch nicht mehr ausüben
können. Mit nur einem gesunden Bein war es ihr unmöglich,
die Belastung des Springreitens auszuhalten. Ihr Springpferd
hatte sie vor längerer Zeit verkaufen müssen und eigentlich
hatte sie kein eigenes Pferd mehr haben wollen. Der Schmerz
über den Verlust ihres geliebten Pferdes saß tief. Aber sie kam
von den Pferden einfach nicht los. Helen wurde zufällig
aufmerksam auf die Verkaufsanzeige von Snow Girl. Welch
wunderschönes Pferd...dachte sie, als sie die Internetseite mit
den vielen Verkaufsanzeigen neugierig betrachtete. Die kleine
Schimmelstute ging ihr tagelang nicht mehr aus dem Kopf und
Helen beschloss, die Araberstute anzusehen... „Aber das ist
kein Pferd für sie und ihre Behinderung!", wurde Helen recht
unfreundlich von der Verkäuferin zurechtgewiesen. Helen
hatte sich gleich auf den ersten Blick in die Stute verliebt. Und
auch Snow Girl fühlte instinktiv, dass es dieses Mal etwas
anderes war, als mit den vielen anderen Menschen, denen sie
zuvor begegnet war in ihrem Leben.

Sie hielt ganz still, als Helen ihren Kopf berührte und ihren Hals sanft streichelte. „Du bist so wunderschön!" flüsterte Helen der Stute ins Ohr. Snow Girl spitzte ihre kleinen Ohren aufmerksam und rieb ihre Nase vorsichtig an der Hand der jungen Frau. Der Geruch von Helen wirkte auf das Pferd beruhigend und die Stute schnaubte leise. Der Kauf war schnell besiegelt. Helen war es egal, was andere Leute über sie und ihre Behinderung dachten. Wenn sie der Meinung war, ein Pferd zu kaufen, dann tat sie das. Da spielte ihre Behinderung für sie keine Rolle. Es vergingen 2 Jahre und aus Helen und Snow Girl war ein tolles Team geworden. Eine tiefe Freundschaft und eine innige Verbindung waren zwischen ihnen entstanden. Helen hatte Snow Girl in fachmännische Ausbildung gegeben. Ihr Traum war es, eines Tages die Stute, die die sie über alles liebte, einmal selbst reiten zu dürfen. Das Temperament der Stute hielt sie jedoch bisher davon ab. Die Unfallgefahr mit dem hoch sensiblen Pferd war Helen einfach zu groß. Dennoch liebte Helen die kleine Stute aus tiefstem Herzen und ihr Wunsch des Reitens stand nicht unbedingt im Vordergrund. Helen erfreute sich an ihrem Pferd. Helen liebte es, wenn sie die Stute auf der Koppel bei ihrem Namen rief und Snow Girl freudig angaloppiert kam. Sobald Snow Girl ihre weichen Nüstern in Helens Hände steckte, war Helen der glücklichste Mensch. Ihr Herz machte jedes Mal Freudensprünge. Helen war sehr glücklich mit ihrem Pferd, das zuvor kein anderer Mensch wirklich hatte lieben und akzeptieren wollen. Nichts und niemand hätten die beiden in diesem Leben trennen können. Dessen war Helen sicher.„Ich könnte eine Arbeitsstelle in Dubai annehmen!"

sagte eines Tages Helens Mann, Tom. Er arbeitete für eine große Firma im Export, die einen Zweitsitz unter anderem in Dubai hatte. „Das ist eine riesen Chance für mich, Helen! Könntest du dir vorstellen, dort mit mir zu leben?" Helen musste nicht lange überlegen, um zu antworten. Helen dachte an ihr geliebtes Pferd. "Was geschieht mit Snow Girl? Ohne mein geliebtes Pferd gehe ich nirgendwo hin, Tom!

Tut mir leid!"

Helen war sehr energisch in solchen Dingen. Sie hatte ein Donnerwetter erwartet, in etwa, dass ihr Mann ihr eine riesige Szene machen und mit ihr schimpfen würde. In der Art, dass Helen ein Pferd mehr wert sei als ihr eigener Mann und ihre Familie. Stattdessen nahm Tom seine Helen liebevoll in den Arm und sagte:

„Ich weiß wie sehr du an dem Pferd hängst Helen! Ich würde niemals von dir erwarten, dass du dein geliebtes Pferd meinetwegen aufgibst! Wenn du mit mir kommen möchtest, werde ich natürlich veranlassen, dass Snow Girl ebenfalls mitkommt!" Egal was es mich kostet! Ich möchte einfach, dass du glücklich bist!" Helen umarmte Tom überglücklich und versuchte ihre Freudentränen vor ihm zurückzuhalten. „Ich liebe dich", sagte sie ergriffen. Ein Leben in Dubai. Welch ein Abenteuer! Snow Girl verkraftete die Reise im Flugzeug erstaunlich gut. Helen wich der Stute während des Fluges nicht von der Seite. Dass sie im Frachtraum gar keinen Zutritt hatte, war ihr egal. Tom hatte geregelt, dass man eine Ausnahmegenehmigung für Helen machte. Sicherlich hatte er dafür zusätzlich viel Geld bezahlen müssen. *„Tom ist verrückt"*, aber er liebt mich, dachte sie. Wenn Helen mit Snow Girl sprach, war das wie eine Unterhaltung zwischen zwei lang vertrauten Freundinnen. Es war, als würde das Pferd jedes Wort seiner Besitzerin verstehen. Die Beziehung zwischen Mensch und Tier war tief. Das Leben in Dubai...Hitze, Sonne, Sand, Strand, unendliche Weite und eine völlig andere Kultur. Helen fand schnell Freunde. Die Menschen waren freundlich und zuvorkommend in dem Land. Helen wurde anerkennend bewundert für ihr Pferd und bekam Lob und Komplimente von allen Seiten. Ein junges Mädchen durfte Snow Girl trainieren und reiten. Helen hatte ihr die Stute anvertraut. Snow Girl selbst konnte ihr Glück gar nicht fassen. Diese Weite! Sie durfte galoppieren nach Herzenslust entlang des Strandes, hinaus bis zum Horizont. Das Wasser spritzte hoch auf wenn sie durch die an den Strand ausrollenden Wellen hindurch galoppierte.

Es war herrlich. Helen saß oft am Strand und sah bewundernd auf ihr geliebtes Pferd, mit welcher Freude das Tier seine ganze Schönheit entfaltete. Die wehende Mähne, der erhobene Kopf, die geweiteten Nüstern. Wie gerne wäre Helen einmal selbst aufgestiegen...Halima, die junge Reiterin und Pflegerin von Snow Girl spürte zusehends, wie sehr Helen darunter litt, den beiden immer nur zusehen zu dürfen. Auch wenn Helen sich das nicht anmerken ließ, Halima erkannte Helens Kummer. „Helen", ich habe mit Scheich Abdullah gesprochen! Du darfst eines seiner älteren erfahrenen Pferde reiten, solange du sicher genug bist für Snow Girl! Was sagst du?" Helen war überwältigt von Halimas Hilfsbereitschaft und nach anfänglichem Zögern nahm sie das Angebot nur zu gern an. Nach einigen wenigen Wochen schon hatte Helen das Gefühl im Sattel zurück bekommen. Sie war glücklich, endlich wieder selbst auf dem Rücken der geliebten Pferde sitzen zu dürfen. Helen hatte zudem beobachtet, dass Snow Girl sich ebenfalls verändert hatte, seitdem sie in ihrem neuen Zuhause war. Die Stute war viel ruhiger und ausgeglichener geworden. Sie wirkte zufrieden und glücklich. Ihr Temperament war gut zu zügeln, Halima ritt die Stute ohne großen Kraftaufwand. „Helen", Snow Girl kann am Strand galoppieren, so unendlich weit sie ihre Bein tragen können! Du brauchst keine Angst haben!"

Hier gibt es keine Zäune wo ihr stoppen müsst! Alles wird klappen! Vertrau mir! Morgen gehen wir zum Strand und du reitest dein eigenes Pferd, ok? *Was sagst du?"* Halima lachte fröhlich. Helen konnte die ganze Nacht vor Aufregung nicht schlafen. Klar hatte sie Angst und Sorge. Angst, von Snow Girl herunterzufallen und sich zu verletzen. *„Du schaffst das!"* bestärkte sie Tom. *„Ja!"* sagte Helen tapfer. Mut bedeutet nicht, keine Angst zu haben! Mut bedeutet, etwas zu tun, das getan werden muss, obwohl man Angst hat!" Dennoch kostete Helen es Mut und Überwindung, am nächsten Tag zum Stall zu fahren. Helen war sehr aufgeregt. Als sie jedoch in die sanften Augen ihres Pferdes blickte, war sie sicher, die richtige Entscheidung getroffen zu haben. Was hatte Helen zu verlieren? Halima würde sie begleiten auf einem der anderen, erfahrenen Pferde. Snow Girl stand fertig geputzt und gesattelt in der Stallgasse. Aufmerksam wartete sie geduldig, was passieren würde. Sie spürte, dass heute etwas anders war als sonst. Die Menschen um sie herum schienen alle aufgeregt, aber sie waren fröhlich und freundlich. „Bist du bereit?" fragte Tom. Helen atmete tief durch und nickte. „Ja! Los geht's!" Als Tom seine Helen vorsichtig in Snow Girls Sattel hob, klopfte Helens Herz beinahe bis zum Hals. Mutig nahm sie die Zügel. Steigbügel hatte sie keine, um nicht zu riskieren, dass sie im Falle eines Sturzes in ihnen hängen blieb. „Ich liebe dich!" sagte Tom und nickte Helen aufmunternd zu. Helen atmete nochmals tief durch und wendete ihr Pferd neben das von Halima. Beide ritten nebeneinander im ruhigen Schritt zum Strand.

Snow Girl spürte, dass heute ein besonderer Tag in ihrem Leben war. Die Stute war etwas aufgeregt, weil sich Helens Aufregung auf sie übertrug. Sie spitzte nervös die Ohren und wartete auf die Kommandos ihrer Reiterin. "Wollen wir Trab probieren?" Halima lachte Helen auffordernd an. Du schaffst das, keine Angst, sie ist ganz weich!" „Ja." Helen gab Snow Girl das Kommando zum Traben. Wenn auch anfänglich alles etwas ruckelte, so hatten Ross und Reiter bald ihren Rhythmus miteinander gefunden. Helen wurde zusehends sicherer und ihr schneller Puls legte sich. Die Anspannung ließ nach und Helen saß leicht wie eine Feder im Sattel ihres Pferdes. Snow Girl schwebte über den Sand den Strand entlang. Ihre Beine griffen schwungvoll nach vorne, bis sie schließlich von allein in einen leichten Galopp fiel. Helen hielt die Stute nicht zurück. Sie hatte ihr Gefühl für das Pferd gefunden. Die Zügel musste sie nur leicht in der Hand halten, die Verbindung zum Pferdemaul war sichtbar, aber sie brauchte keinerlei Einwirkung ausüben. Snow Girl blieb gehorsam bei ihrer Reiterin. Helen spürte, sie hätte das Pferd jederzeit zügeln können, doch sie hatte keinerlei Bedürfnis. Im Gegenteil, sie wollte mehr von diesem unendlichen Gefühl der Freiheit schmecken, der Weite spüren, sie wollte aus ihrem schönsten Traum, der für sie zur Realität wurde, nie mehr aussteigen. Snow Girls Mähne wehte wild und ungezähmt im Wind und peitschte Helen ins Gesicht. Ihre kleinen Nüstern hatte sie weit geöffnet, die Hufe griffen schwungvoll und kräftig in den Sand, sie vergrößerte ihren Rahmen und es war als flog sie mit Helen dem Ende der Welt entgegen. Snow Girl war endlich zu Hause.

Und Helen war es auch...

Ende

Nachwort

Ich freue mich, wenn Euch das Buch gefallen hat! Vielleicht habt Ihr „Classic Star" oder „Charisma" zuvor noch nicht gelesen und für Euch waren beide Geschichten neu! Auf Facebook könnt Ihr uns besuchen und dort sind auf unseren Seiten auch ganz viele tolle Fotos. Besonders von Classic Star. Dort könnt Ihr noch mal genau nachschauen, wie sein Auge ausgesehen hat vor und nach der Operation. Die Bilder hier im Buch sind nicht die besten, leider! Natürlich würde ich mich auch sehr freuen, wenn Ihr mal in die anderen Geschichten von mir reinschaut. Gern dürft Ihr mir Rezensionen schreiben. Natürlich ist mir auch Kritik willkommen, wenn sie konstruktiv verpackt ist. Verbal unterhalb der Gürtellinie finde ich weniger nett, aber Kritik hilft immer, sich weiterzuentwickeln, was ich für sehr wichtig halte! Ihr könnt Ihr auch Eure Anregungen schreiben über email oder einen Beitrag auf meinen Seiten, wie Euch die Geschichten gefallen haben. Damit würdet Ihr mir eine Freude bereiten.

Ich freue mich über jede noch so kleine Meinung von Euch!

Danke, dass Ihr dabei wart!

Eure

Anais

Erschienene Bücher von Anais C. Miller

-Vergessenes Kind

-Charisma

-Classic Star

-Brief an W

-Erotische Liebesbriefe

-Querbeet

-Nebelmond

-Die Hundeforscherin

Facebookseiten:

Sorgenkind, Charisma, Brief an W, Vergessenes Kind, Meine Pferde Warinja & Co, Anais C. Miller Autorenseite, Erotische Literatur, Liebesbriefe, Victor G. Punkt Reiter

Herstellung und Verlag:
BoD - Books on Demand, Norderstedt
ISBN 978-3-7448-1536-9